一隻會寫情書的駱駝

陳秋見著

晨星出版

CONTENTS

卷二

生死悲歡

卷三

紅塵山水

卷四 魂夢駝鈴

卷五 古月今塵

序

發現一棵文學巨木種

陳冠學

走在一大片尋常雜木林中，忽見到一棵巨木種，內心的驚喜是難以筆墨形容的。雖然目前這棵巨木種纔只生長到一般雜木的高度，可預卜假以時日，必將長成一棵巨木甚至是神木，高高地超出這片雜木林。我於秋見的文字，有如此驚喜。

初接觸秋見的文字是他參賽西子灣文學獎得首獎的〈女兒經〉，如前所述，我有如在雜木林中遇見了巨木種，只這一篇文字，已可見出作者有使不盡的才華。其後決審一九九二年度西子灣作家散文獎，纔有機會接觸到秋見更多的作品，我內心的欣喜自是難以形容。

我的《藍色的斷想》C卷有這麼一則斷想：「我看人，不異看樹，看見一些熟悉的晚一輩停止生長，看見他們只長成灌木或小喬木，令我大大失望。畢竟巨木或神木之種罕見，多數皆小品種而已。你不能期望小品種再生長分毫。」

從這則斷想可以想見我發現秋見這棵文學巨木種的歡喜。我一直熱切盼望台灣能出現世界級的大文豪，可是一直讓我失望，我們的大文豪一直未產生，極目環望，小品種何其多！我常說：「狗嘴裡長不出象牙。」我這句話得罪了不少人。但與其說這句話讓許多人不舒服，還不如說這句話讓我痛恨。我痛恨台灣在地理上是個高山國，三千公尺高峯有二百三十一座，而台灣在人文上卻是個荷蘭國，低於海平面。論時會，台灣已到文藝天才雨後春筍般輩出的時候了。最近我有機會讀到陳煌的《鴿子托里》系列，大為振奮，陳煌比秋見生長得更高，更成熟。盼望秋見努力吸收我們南台灣熱帶的豐沛陽光和雨水，莫要落後了。

秋見將出第一本散文集，要我寫篇序，我當然很樂意藉此——在這本集子前面——向讀者推薦。

秋見給我的信說：去書局觀摩散文書籍的編印形式，才知曉國內「作家」和作品，非常非常之多。這麼多人寫這麼多字，以不同方式呈現深度思考，可是究竟誰看誰買？

台灣曾出版一本名為《台灣十二大散文家選集》的書，我總覺得將「大」字去掉，僅標為「台灣十二家散文選」更妥當些。「大散文家」談何容易，凡稱得是「大」，必得向世界拿得出去，台灣哪來如許多的大散文家？誰看誰買是另一件無關緊要的事，真正重要的是千年後，當代林林總總作家中究竟遺留幾家？

我讀秋見的文字，一路雖然欣見到他使不盡的才華和用力之深，但也發現他有嚴重的文字窠臼。希望秋見能跳脫這些窠臼，秋見如不能跳脫這些窠臼，必無法再繼續生長成巨木或神木。

秋見的文字看來似乎是由武俠小說入門的。劉捷先生在秋見的〈女兒經〉得獎評語中便說：略有武俠小說的氣味。這是嚴重的弊病，這本集子裡，武俠小說的氣味貫串頭尾，武俠小說的語詞、語法或顯或隱隨處是，令讀者不免有非正宗散文的感覺。這個武俠文字窠臼，非得剷除淨盡不可，這是秋見此後幾年內必須自我根除的一件工程，看來須得耗費一大段氣力。

由於武俠窠臼，本集子便隱隱形成另一套寫作套式，這也是要提醒秋見大力加以檢點的。

建議秋見廣讀各種文體，無論哲學、科學、史學等等，我希望秋見一一涉獵，更應多看文學經典作品，如此自可打破武俠窠臼，且可廣見識，尤其識字。如此，眼光方能尖又能大，才能擴大心思和筆路。

天生麗質的佳人，愈是打扮便愈是遮掩了她的國色。打扮是那些有缺陷的女人的不幸手腕，文章亦如是。秋見才華洋溢，無須打扮。這裡要秋見下筆多收斂。

秋見是黑手，一直在國家工程機構服務，專司引擎修理。了解他的出身，他由武俠小說入門的文學預備路程便無足怪了。但黑手界居然出得這樣一個傑出的文學旗手，卻是很難令人置信。我於秋見畏敬有加，我常說：秋見是台灣文學明日之巨星。秋見必不會辜負我這一番期盼。

本集子所收二十二篇文字，泰半得過獎，可謂璀璨斑爛，光耀奪目，雖然有上述的瑕疵，卻是瑕不掩瑜。

陳冠學序於萬隆

一九九四年六月二日

卷　一

情關難渡

拿桶汽油來，先淋溼我，再淋溼妳，

一、二、三！我們一起點火

教一切成灰；

教魂魄自在來生中尋緣覓命。

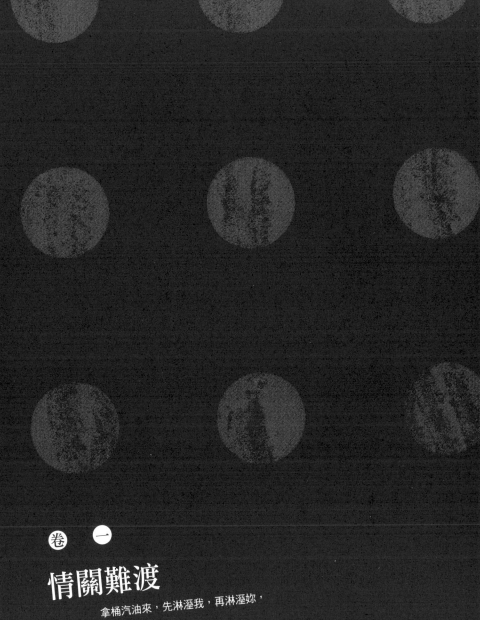

紅塵書

什麼樣的愛情，才能不悔承受？

情愛需要做什麼的選擇，才無怨尤？

我不懂！但不懂沒關係，至少我的愛情沒有難解的結，好友麗卿的愛情路走得九拐十八彎，換做我，早煩死了。

這次，她把那男人的信寄來給我，事先在電話裡說：「玉青，幫我看看他的信，再告訴我離開他好，還是……乾脆跟定他算了。」

麗卿的男朋友走馬燈似的來來去去，從沒哪個走進過她心裡，我說了是白說，她問也是白問，和那男人真不知還要糾纏多久？

看信吧！誰教我是她的好朋友！

1

夜半琴挑，文君當爐的故事，聽過嗎？

紅拂夜奔，遊湖借傘的故事呢？

這些中國古代的浪漫愛情，能夠傳諸後世，只因當事者曾為愛情橫抗世俗禮教，在傳統壓力下茁生孤傲清絕的情愛，因相知相許而愛，因愛而生死不渝，這正是浪漫的真義。

台北的小林，屏東的阿偉，這兩人卻告訴妳：不要浪漫！那是愛情遊戲的方法之一。妳們需要的是成熟的婚姻；需要可以並肩攜手去經營一個家的夥伴。

妳纖細敏銳，多情易感，卻得面對他們的冷靜與理性，期待他們在奢談競名逐利的過程中，還能透露出一些些柔情，甚至某些瘋狂的求愛方式！可是沒有，沒人——懂妳。

如果有人疼妳寵妳，並且回應妳甜美愛嬌的深情後再給妳一紙婚姻證明書，我會含笑釋手！讓我心愛的白鴿撲向別人的懷抱（不捨和決裂將如刀刃般刻劃我臉上多幾道風霜痕跡，可是妳不會知道！我轉身離去，妳只能看到我微弓的背影）。

妳棲止於我掌中日久，習慣不再期盼我那已嫌擁擠的懷抱，也不再對應我溫柔的目光而束翼綣伏。放妳單飛人世風雨，我不忍！妳鼓翅掙扎時我不敢握住妳（這是我的僵局）。妳和我都在等一個炫亮晴空：等一雙可以和妳比翼的翅膀，帶領妳翻飛出絕世姿影。這次，台北小林和屏東阿偉徘徊著呼喚妳，而顯然，顯然妳已決心放棄飛行在一個雖無風雨，卻凍雪凝霜的冷漠晴空中。

可是，妳擔心貪戀我掌中微溫，將讓妳翅翼無力！縱有另一個懷抱等著妳時，妳已無法起飛（這是妳的僵局）。

一個方法：我自斷手掌！血與痛楚將使我深情的伏流枯竭。而妳若能及時飛起，從此風雨晴陽便得孤獨面對，回頭已無路。

另一個方法：讓我挽留的手勢，成為風中枯枝，讓我自掬冰雪凋傷我心成冷木，若妳有飛回的一日，我才肯讓未死的芳心化做枝頭春芽綠葉，容妳棲落梳羽剔翎。

再一個方法：拿桶汽油來，先淋溼我，再淋溼妳，一、二、三！我們一起點火，教一切成灰；教魂魄自在來生中尋緣覓命。

近日來，晨昏顛倒著過，隱隱有種折磨肉身的快意，不甘默默承許人世該受的規範束縛，卻無力掙脫出來活自己一片天地！如果能擁有妳，我會甘於在溫柔鄉中天天嚐妳朱唇的甜蜜，不做英雄，不說不朽！

可是，當我不能理直氣壯擁有妳時，我選擇逼使自己光芒萬丈，讓妳不得不回頭望我，而我的能力不足以發光發熱，便以血肉為柴薪！文學是唯一的指望了，不管妳在任何一處陰鬱的角落裡，總有一個亮麗的名字留在妳記憶深處，溫暖妳、撫慰妳（因為，這名字所代表的人曾愛妳如此如此深刻）。

我不曉得我逐漸衰頹的軀體血肉，還能供我焚燒多久！急切的想讓自己的才華炫出光芒，迷惑妳注視遠方的目光，我甚至不敢停下來割肉剔骨的行動。在我亟亟構築的文學天地中才能深情且盡情的愛妳，一旦落實人間規範，妳我都將被千刀萬剮！

其實人世規範內，追逐金錢和肉慾的遊戲，何嘗稍止？我倆堅持清靈無垢，還愛情最初的容顏，正像守節貞信的孤魂，在逐日寒涼荒冷的情愛世界裡，互相依偎取暖。

這就是，卿卿啊！為什麼浪漫摯情被世人鄙視不取時，我至深至鉅的痛苦根源了。

寫信的這男人我見過。

麗卿眉眸全是濃膩情意的介紹著：成熟、風趣、優雅。初初一眼，怎麼也看不出這個外觀毫不出色的男人，會和這些形容詞連在一塊；會讓麗卿迷那麼久！

一起喝咖啡，算聊過天，忘記當時聊些什麼，只覺得跟他聊天的感覺很好。他話不多，卻每句話都說得恰到好處，讓人忍不住要把心窩裡藏的話全掏出來！

跟這種人相處很可怕，像流沙，教人陷溺得不明不白。

看他的信，覺得這人更可怕了，像火山！醞釀著無限熱烈的情焰，好似隨時準備毀滅一切！麗卿首當其衝，最可憐他的妻兒，難逃被波及的命運。

該勸勸麗卿，這種危險的軌外戀情，還是別談的好。

寫封信給她吧！

2

妳男人的信，我看過啦！順便寄還給妳。

他寫信跟他寫文章一樣，太多隱喻象徵的文字，讀起來好累！不過，寫得非常真摯，非常優美，連我這局外人都看得一顆心砰砰直跳（妳滿意了吧？我在稱讚妳男人呢）。

事實上，他所有吸引妳的優點，恰好就是妳愛情路上的坑坑洞洞，麗卿，站在好朋友的立場上，我真的不忍心妳摔得鼻青眼腫！不管這男人有多優秀，妳永遠不能否認：他是別人的丈夫！不是妳的！

對不起！我總要碰觸妳最痛的地方！可是，妳跟他走久了，慢慢走出一條「自圓其說」的路子，甚至抱著這份虛幻的愛情向我說妳一輩子做單身貴族也不壞；說妳寧可擁有好男人的一點點關愛，也不願費心找來十個八個庸俗的丈夫！

我不同意妳這麼偏激！那也不是妳的真心話。

我們都沒有足夠的能力來標新立異，平凡女子要求一份素樸的婚姻，養兒育女，經歷妻子、母親的角色，這才是正常而理性的途徑。妳別笑我沒出息！還記得以前在學校，幾個死黨談到畢業後的出路問題，當會計是我們商校生唯一的職業。只是問到妳時，妳說：「溫馨的小家庭是我最喜歡的辦公室，甜蜜的小妻子是我最愛的職業！傻瓜才去當會計！」當時大家都笑妳「夢幻少女」、「思春姑娘」，妳沒忘記吧？不管妳用什麼理由來支持妳目前把持的愛情，妳心最深處，還是渴望「沒出息」的婚姻之路！對不對？

放棄他吧！我相信他不會死纏著妳，妳只有走開快淹沒妳的漩渦，清醒的頭腦，才能看得清另一片風景。

放棄吧！他信裡不是說要讓心愛的白鴿撲向別人的懷抱嗎？

這次上台北，和林先生聊得怎樣？還有阿偉呢？我看他挺真心的。這兩人妳也說過他們滿優秀的！就算沒妳那男人「浪漫」（這兩個字我也不是很懂），只要肯負擔起婚姻的責任，就是好丈夫了，不是這樣嗎？

嚕囌了一大堆，也不曉得妳能不能聽進去，不寫了！

祝朽木「可」雕也。

信寄出去一個禮拜，麗卿回信了。

她執迷不悟，我愛莫能助，看來愛情的面貌分出許多種，是是非非，真真假假，局中人比我這旁觀者還明白！

幸好，我那另一半一直很穩定，從小一起長大，還牽了個親戚尾巴，雙方父母講講就訂了婚，連媒人都不用。他仍然對我百依百順，還沒結婚呢，就一副老夫老妻的樣子，我好像也滿適應的。

他會不會也弄出一個婚外情？這社會發生這種事好像愈來愈普遍了。不會吧！真遇上了再說，我現在擔什麼心？

相較我的單一純淨，麗卿的情愛真是複雜。再仔細看一遍她的信吧！剛剛匆匆看過，還真是沒看懂她的心情呢！

3

昨晚，做了一個清晰無比的夢，那種酸疼入骨的淒惻，即使夢已醒，猶自微微在胸口敲擊著。整個夢像一齣古典的默劇，沒有聲音，甚至連動作表情也幾乎沒有，所有的情感全在內心深處翻湧巨浪，我和妳，都是他生命中最珍愛的女人，彷彿混沌初開就已注定的事實，不容懷疑，只是甘心無怨的包容。我和妳相敬如賓，有種近乎虛假的冷漠！我很清楚妳和我有同樣的想法——如此火熱渴望能單獨擁有他。而他卻哀傷沉痛的站在遠處，和我倆隔著一段霧茫茫的雲煙。

很奇異的夢境！或許因為昨天接妳信，心裡覺得被冤屈了，就在夜裡把妳帶入夢中，一起去感受最幽微的心痛，去體驗「可望而不可即」的無奈和辛苦！

我不是，我不是不愛正常的婚姻，以前如此，現在也是如此！

我心裡明白，跟著他，我是永恆黑暗中一雙憂愁的眸，期冀流星閃現驚魂動魄的美麗掠入眼簾，在短暫相逢的絢爛裡，汲取足夠的力量，再回去忍受寂長的守候！玉青，沒有家，沒有孩子，沒有約束和責任，放縱自己心靈去感受愛情的代價，對我來說太殘酷——沒有未來。

也許妳會說，台北呀，屏東呀，那兒有人等著給妳一切，包括未來，是不是？台北走一趟，外雙溪土雞城的晚宴，KTV裡亮喉高歌，整晚上我在酒意熱切的場合裡冷冷察看台北的男子，印證我初識的眼光沒錯。他是個滿腔抱負，卻永遠不肯踏出第一步的虛誇男子。（即使他送了三十二朵大紅玫瑰，終究垂頭喪氣的向我道晚安！）隔天一大早，我離開飯店打電話向他告辭，就回來了。

阿偉，妳也見過。是的，在我的標準裡，他已達八十分，他少的二十分，就是浪漫！唯有沉潛人海波濤之後才能坦然執守不得不失，無怨無求的一種愛情態度，是寬容和激烈並蓄，是火也是冰淬煉出的孤獨而完足的生命！這二十分，只「他」有了！

這樣的男人，性靈幾近仙佛，我只能貼進他而不能擁有他，他凡間妻子兒女更僅只是牽絆他濁世的軀體罷了！

我知道，如果我要嫁人，阿偉最適合我（比「他」還適合），但我悲哀的發覺，我並不愛他！更悲哀的是阿偉其實也不愛我，只是他恰好尋著了一個適合結婚的對象，如此而已。

我愛上一個我愛不起的男人，活該忍受人間煉火無情烙炙！盼只盼我那孤絕男子回首相看紅塵時，我輾轉掙扎的姿影，能逗出他眸中一絲微漾不捨的淚光！就——夠——了。

不要拉我，小心燙手！

玉青，人生恍若一場大夢，只我這場夢做得比妳驚心，比妳美麗！我才不在乎！管他命運是唾棄我！還是眷顧我。

若妳要為我掉淚，玉青，左一顆，右一顆就行。

真心的，很羨慕妳甘於緩流靜謐的愛情，和即將到手的正常婚姻，好好珍惜妳的幸福吧！

唉！夢幻少女，怎麼會做了個如此恐怖的噩夢！情愛千絲萬縷，理不清頭緒的，真會把人生搞成一團亂麻！只能祈禱，祈禱麗卿早日夢醒，也好早日治療她一身撕裂的創口！唉！現在我是一點忙也幫不上了。

仔細想想，我，真的幸福嗎？

謫仙

夕照溫潤的午後，妳我相逢在日安花季。

咖啡屋樓上一角，耳裡滿滿是妳清柔的語音。我的視線飄過妳長髮半掩的臉，瀏覽一室擺設的巧思。

陶甕和牛車輪子有點怕生，土土的，靦腆著擠在樓梯轉角，很有禮貌的讓路，白玉萬年青有的是時間和好心情，慢慢的逛成滿屋子綠意。草書掛軸，墨汁淋漓的禪與悟帶著醉意，似醒未醒，四片方的帆布抱枕，柔軟的說著命定與緣遇的道理。原木矮桌被刨光磨滑後仍不改個性，站得好穩！想當年還是棵樹的時候，山裡頭絕崖懸壁多險哪，暴雨狂風搖晃了多少年？不也是捱過來了？

年輪邊緣，伸出來一隻手，手指圈起一個纖細的圓，叩叩彈著桌面，妳的聲音有點嗔、有點嬌：「你笑什麼？」

「我有嗎？」

「你眼睛在笑！」

「喔？是，是，我覺得妳斜倚著枕頭想心事的模樣，很美，很媚，很春天。」

「去你的！你才春心蕩漾呢。」

接住了妳丟過來的枕頭，我讓自己靠得更舒適些。清淡斜陽，透過鏤花雪色的窗帘，在桌面上映出一片柔暖的亮，咖啡杯緣升起一縷熱氣，幽幽悄悄的霧氳嬝娜，漫入輕細流漾的音樂中。咖啡屋裡正播放著第六感生死戀的主題曲，男高音帶著隔世別離的激楚，頻頻呼喚著我的夢。

妳把垂及腰際的長髮，捲繞著手臂，托住一邊腮，那乍然亮粲的一段頸子相當魅惑人。妳閒閒的問我：「這電影你看過？感覺如何？」

「電影罷了！兩個小時黑天暗地的感動，出來後回到人間，就全忘了。」

「少貧嘴！唉，你倒說了真心話。生死不渝的愛情，真是戲裡才有！」

妳說得淡！卻彷彿發自肺腑深處，一種深信不疑的淒楚！

就是這樣決裂的悲涼，毀天滅地的肯定，闊別三年後重現妳的眉睫，還是令人怵目驚心。

或者是我的眼神有著霎時的鬱暗，妳把我的手拉過去，合在妳掌中：「不要生氣！拜託！」

「不生氣！阿紅。如果妳已否定愛情的極致，真是可以生死不渝，卻又一直不肯承認愛情必須經過絢爛到平淡的過程，我就不知道妳要的是什麼？我擔心妳！」

這也是我今天赴約的原因！

妳找我來，向我說著三年來的心情。獨自一人，守著一家花店，和一個常來買花的男子發展出一份新的戀情，那男子細緻貼心，寵妳、縱容妳、照顧妳，拉著妳逐漸走出破碎婚姻的陰影，只除了一樣——他是有婦之夫！

妳淡雅的述說裡有幾分喜，幾分憂，可是那憂喜只若微微的清風，在妳心湖泛起小小的，旋生旋滅的漣漪！我傾聽著發生在妳身邊的愛情故事，像以前一樣為妳婚姻裡的夢幻和迷惑尋找解釋。終於我能了解，妳那霜雪冰清的個性依然，愛和婚姻這種最世塵的情緒，不會在妳冷凝的心上再度刻劃傷痕！

「怎麼辦？我覺得他愈來愈想要的，是我的身體！好噁心！開始時的真心關心，好像有些變了質，怎辦嘛？」妳的話裡有著惆悵，像遙望天邊一朵白雲悄然逸去的惋惜。

「偶遇、驚豔、邀約、傾談、牽手搭肩摟腰，吻額頭，親臉頰，索求紅唇，接下來的愛撫上床，阿紅，別嫌我嚕囌，只要兩情相悅，每一種過程，妳就能感受它動人心魄的美，何不嘗試著去接受？至於婚姻，妳無法落實到這個層面來，算了！當初妳掙脫了婚姻的枷鎖，現在想來也不願再入家的牢寵，對方是有婦之夫，那恰好，再適合妳不過了。」

「你還怨著我，是不是？為什麼？」妳秀美清麗的眼睛，閃動著令人心疼的淚花：「我們還有沒有愛？」

「妳過來，靠著我，對，就是這樣！待會兒告訴我有什麼感覺。」

妳以肩背緩緩靠入我懷裡，長髮婉轉披垂在我手臂上、胸膛上，柔軟而冰涼。妳的臉頰淡出一抹暈紅，微翹的睫毛關成一扇窗，也僅僅是這麼擁妳入懷，妳身軀熟悉的暖意，再不能沸騰我澄冷的心跳。

「好舒服！」妳說，帶點慵乏睡意的鼻音。

「這就是答案！」我輕撫著妳潔白無垢的唇頰：「我疼妳、憐妳、愛妳，卻必須不與起一絲慾念，妳要的就是這種性靈上相知相惜的感覺。阿紅，我不怨妳，也怨不上妳！妳就像冰清嚴冷的天上謫仙，偶墮塵世！碰上我以人間男女的愛慾對妳，難免妳揮袖絕裙的結局。」

「再嫁給你一次，好不好？如果你肯每晚這麼抱抱我……我……會試著改變！只有你最了解我！」妳反身抱著我，親吻我，那仰起的臉龐，逼近眼前，有種驚心動魄的美麗。托住妳小巧的下巴，我深深的看入妳眼裡：「阿紅，如果這句話早一年告訴我，我還會再試一次。如今，我也是有婦之夫……。」

妳沒有意外，眼神依然迷醉：「你忘了剛剛勸我的話嗎？同樣的身分，我選擇你！」

「別誘惑我，阿紅。妳也了解，我這人既衝動又多情，我不想再傷害妳。」

任憑妳倚暖我的胸懷，我想起了卿卿，另一個俗世深情多媚的女子。她會跟著連續劇一起掉淚，會為她未來的嬰笨拙的鈎織著小鞋小襪，甘心的每晚煮那清淡素樸的飯菜，等我回來。更深的夜，她會枕著我的臂彎，暖暖的在做愛之後，濃膩而輕聲在我耳邊感謝我！

我只能告訴妳，她及不上妳容顏豔麗，也沒有妳背對著我時那絕美的腰腿稜線，那次是我的錯，一個情慾煎熬的正常男子，卻瘋了一樣，不自量力的要以灼燙的身軀，去溶化一座冰山！

妳冷冷的任我需索，卻在事後以受傷的眼神與我決裂：妳不要一個會強暴妳的丈夫！

「往事不是那麼容易忘的，是不是？阿紅。」

「不要提，不要！你聽。」妳以頰上蜿蜒的清淚堵住我的唇，錄音帶又轉回來那首主題曲，聲聲熱烈不忍的呼喚，究竟能挽留住什麼？妳說：「你還愛著我的，我懂！是我的問題，其實苦了你！聽完這首歌我就走了，別跟我說再見，要不然我會忍不住來找你。」

妳離去時，我在窗口，看著車聲煙塵繚繞的街頭，妳黑衫深深，款款走出一身葳蕤自持的風姿。

情關

情關閉鎖，唯大勇和徹悟者敢破門——而出，或入。

飛蛾第一

午夜。

冬雨自墨色荒天射落冰箭銀針，霓虹熾熱的都會區呵出一大片寒氣，如夢似霧朦朧。都會邊緣，一棟大廈的第七樓陽台，亮起一盞燈，十五燭光的亮度剛好能夠清楚看見，淡色琺瑯拱弧欄杆上，擱置著一雙纖柔裸足，旁邊，微微晃動的搖椅裡一個眉眼分明、娟麗秀氣的女子。

一盞守候歸人的燈，夜夜亮起，她習慣裏條薄毯，在孩子早已睡沉，丈夫尚未返家的深夜時分，做一個盼君歸來的怨婦。

只是守候的情態，自然發散千帆望盡的哀思，她其實心中滿溢著柔情。丈夫回來，會以親吻摟抱的熱情說明歉意，她淡定的迎合著，然後告訴他：去洗澡，去吃宵夜，早些睡，下班後的幾圈麻將或酒局，是他交友和紓解壓力的唯一管道，她真的不怪他遲歸，一點都不！她一向就不是個會綑綁丈夫的妻子。

丈夫滿意的自去料理疲憊欲死的身軀，她仍讓裸足擱置欄杆，任由趾尖傳達夜寒的冰清嚴冷。她需要冷，冷靜，才能阻止心頭一點不熄的情焰，釀成一場毀天滅地的大火！

十數年來，丈夫是天，婚姻已老已舊的紅毯是地，家庭兒女架構出她整個世界，她原以為自己慣於這般平淡平凡的過一生，直到遇上了另一個男子。

已婚婦的愛情，通常伴隨著不貞和背棄的雙面鋒刃！她在邂逅傾談之後，像個初嘗情愛滋味的年輕女子一般，迷亂的接受那男子！她的行為落入俗世標準，應是十足的蕩婦，可是，她知道，不同！她和那男子都不是縱慾的人，他們只是偶爾逃離婚姻閉鎖的空間，放逐心靈肉體於曠野，以荒莽性命的真面目相見罷了。

這個男子細緻貼心，許久許久，她不曾感受最細微的心緒情弦被錚然叩響的撼動了，也許久許久，她不再以最溫柔的胸懷，去擁抱撫慰一個困獸般男子的委屈和酸楚！在冷漠、喧囂交揉磨損的現世舞台中，他和她都渴盼脫下戲服洗淨鉛華的舒暢。

是愛情吧？她曾經懷疑過，掙扎過，然後確定！

回到婚姻，落實家庭，她把一點牽掛按捺入最隱祕的角落，面對丈夫兒女無知的信任，她仍然感受到身後豎立著一把寒光凜凜的巨劍，直指她背叛的事實。在她道德良知的審判庭上，愛情成了沉默但堅持無罪的被告，欲辯無言。

她必須尋找出路，詮釋這一份不容於天地的情愛。她聽演講，專挑鼓吹女性自覺的話題，可是，那只是針對男性尋歡心態的報復，或是模仿！她看書，企圖尋取浪漫來替代婚姻素樸的容顏，允許自己偶爾的一次盛妝赴宴！但不是的，不是！這都不能概括她和那男子之間的相知相惜。

她以更寬容的心情，相信丈夫遲歸的理由；以更愛憐的態度，對待兩個孩子，骨血至親，她從未想過要放棄，而丈夫呢？多年的婚姻已將原來的愛情轉化成親情，透過孩子的血緣牽繫，也一樣難以割捨。那麼，新的愛情其實並不具掠奪性，甚至讓她重燃生命的熱情，用來緩和婚姻的淡漠僵冷，是不是呢？

這樣的愛情，她為什麼要猶豫，要拒絕？

迷霧般的思緒，此刻輕塵落定！她以近乎酸楚的柔情，重新將那男子捧上心頭，只覺情思如火，直想投入那男子熱焰般的懷抱！

夜雨漸密，寒氣透衣如水，她進入客廳，熄滅陽台燈光，才發覺客廳裡三五隻小蛾，正繞著桌燈盈盈飛舞，粉薄翅翼在燈輝下眩亮動人顏彩，她怔住了，飛蛾撲火！她看見桌面上另有幾隻枯灰燬損的餓屍，猛然印證了傳說的驚心。

一盞溫柔夜燈，在飛蛾眼中究竟是什麼？為什麼牠們不懂趨避，無法抗拒？

一份灼豔的情愛，輾轉盤繞眼前，如此魅人惑人，她，她的心，會不會是一隻撲火的蛾!?

鳳凰第二

雖然沒有傳統的紅燭，但一屋子的鮮花、囍字、粉色壁紙，以及主家賓客臉上熱切的笑容，仍然妝點出婚禮的喜氣。

一襲蕾絲白紗，合身剪裁出青春正豔的豐腴，潔潤胸口上亮燦著金飾碎鑽，添出富貴氣象，捧著新娘花，伴娘拉襯好襲地婚紗裙裾，她坐在雕花新床邊緣，微微牽扯唇角，恍如高雅孤傲的鳳凰，接受鎂光燈和喧嘩賓客盡情的讚美。

結婚了，終於結了婚，夫家資財雄厚，她真的——真的從此成為人人豔羨的黃家少奶奶？從此遠離那一張風霜鏤刻、滄桑飄泊的臉孔嗎？

伴郎和伴娘優雅的伴隨賓客出洞房，新郎也被拉出去周旋，只留下她最貼心的好友阿靜陪在她身畔。她望著猩紅的喜幛，彷彿燙傷在自己的血泊中，有一剎那椎心的酸苦，漫上胸臆！她輕喊了一聲：「小靜，他……」未竟的言語，碎斷成一串珠淚。

小靜慌忙過來，抽出紙巾，輕撲著她的眼角唇頰，迭聲說著：「別哭，別哭！無論如何今天不准哭。」

紙巾柔薄，胭脂紅淚藏入一團雪花雲絮，丟入垃圾筒。小靜重新抽張紙巾，塞入她手中，說道：「忍著點，他來了，他來，是因為他真心祝福妳，妳別叫他失望！」

「我想——見他，小靜，我……妳找他來好不好？我好久沒看到他了。」

「不可以！麗兒，在這個時候，妳最需要理智，離開他嫁人是妳最好的結局，妳必須慢慢忘了他，否則，怎對得起黃國群？」小靜情急的語調，近乎斥責。

她拭著眼角淚珠，神情淒楚。黃國群！是的，半年來的柔情呵護、深情護衛，將她自一場畸戀火海中救贖出來，她確實不能辜負他。一個家，一紙婚姻證明書，正如小靜說的，他不能給的，黃國群都有！一個女子該走的路，有黃國群幫她鋪排，有黃國群牽著手，還求什麼？但她就是愛不深刻，到今天為止，她仍覺得自己並不愛黃國群！

所有的愛，都給了他！傾生命散發的溫柔與美麗，都只為他付出得心甘情願！

五年來，她是他黑暗中的戀人，避開他妻兒任何可能的懷疑之後，他們相聚的時間少得可憐，他完美的性格傾向，讓他為兼顧婚姻與愛情而心力交瘁，為了不使兩個女人流淚，他寧願自己心頭滴血。他常說，一份深情，把兩人拉入魔界，人神不容。他常嘆氣，酸疼入骨的一聲輕吁，吐不散焦慮雲煙！這些，她全懂，可是，她認為心靈與肉體的撫慰，已是他夢寐以求的福分，一個美麗婉約的少女，甘心讓他在婚姻之外，多譜一段清新的戀曲，他怎能依舊眉頭沉、眼憂鬱!?

從來承認，遲到者沒有座位！相信宇宙星辰可以改變，也不肯懷疑他擔當義理的風骨，她只是要求多一點點時間，要求多依偎一會兒他胸膛的暖意，拿到荒冷魔界中禦寒！

伴隨著失約或是打過折扣的一次次聚會，終於，她開始在淚水中重複浸漬著一個苦澀的話題——分手！

她原只是以分手為砝碼，秤量愛情在他心中的比重，她從不是真心的要離開他！她以假作真，作勢拔足泥淖時，為什麼他不——肯——挽——留!?

半年前，遇上現在的丈夫，整整半年，她配合著黃國群的殷勤，以頻繁的約會，驅逐他纏綿的影像：以被寵被愛的高姿態，告訴自己再不肯求他施捨，然後，結婚。

她是結婚了，父母了卻心頭大事，親朋好友全鬆了口氣，他呢？他流浪曠莽山野的生活和自我放逐的歲月，會不會因此回歸婚姻而劃下句點？五年驚心動魄的婚外戀情，只成就他中年歷練的一段記憶，這樣嗎？

寄給他結婚喜帖，或者還有幾分含恨帶怨吧！然而，新的愛情確定她終有唾手可得的幸福之後，她只剩下心疼！

終於能懂，只為初識情緣，她憑藉著可以揮霍的青春，牽扯著他，共赴深悲極樂的情愛烘爐，火煉之後，她是重生的火鳥，一身羽毛光鮮，而蛻變的燒痛過程，卻是他一路相陪護持，橫眉敢對烈焰，任憑焚心紋身！

幾番心緒千迴百折，終於垂首無言，無怨！

她知道小靜一直擔心的看著她，她應該給她一個平靜安詳的微笑，她正預備抬起頭來，卻感覺小靜陡然站起，迎向新房門口，然後，她聽到熟悉的，彷彿山高水遠處傳來的一聲呼喚：麗兒……

她抬起頭，門口一張臉，就在甫入眼底的一剎那，模糊。盈盈淚眼，波光瀲灩，她綻出一朵，她一生中最最美麗的微笑！

今生釋手，來世必將相尋！

春蠶第三

從來沒想過，牛排館的菜單可以如此繁複，蒜味、蘑菇、黑胡椒的口味裡還分出來丁骨、菲力、小牛排，不屬於牛排類的又有海陸大餐、鱈魚排、雞排、蝦排等等。她在阿娥、秀美兩人已經點好菜等著她時，仍然猶豫著不知如何決定，服務生彬彬有禮的詢問和介紹，更是讓她慌了手腳。

再等一會兒，服務生忍不住說：「小姐，妳慢慢看，我先到別桌服務。」阿娥叫住服務生，問她：「怕不怕辣？見不見得血？原來妳還是沒什麼長進。」回頭含笑吩咐服務生：「小牛排，七分熟，麻煩您，對了，我這朋友比較喜歡蘑菇──口味。」

她輕吁了一口氣，明知道阿娥糗她，心頭還是輕鬆許多，她永遠學不來阿娥的爽快磊落。

三個三十出頭的女人，不定期的聚餐，延續了十幾年來同班同學的死黨情誼，她們之間，無話不可說，卻大部分著眼於丈夫兒女身上，丈夫的事業，兒女的學業。一邊吃著陸續端上來的濃湯餐包生菜沙拉，她一邊傾聽著阿娥、秀美講話，偶爾也說一些女兒幼稚園裡的趣事。

最貼心的就是女兒了，只有血脈相連的親生骨肉，才永遠不會嫌棄，不會背叛！她微微嘆息，離婚婦三個字，仍像針尖般銳利，偶一閃現，還是一陣椎心刺骨的疼痛。

哭泣、爭吵、跟蹤，那一段慘淡日子如今想來，猶有餘悸！家，一直籠罩著一團低氣壓，丈夫醉酒遲歸的頻率增加，一直到那一日，她半夜循著丈夫上班的路線尋找，在路邊當場抓到了丈夫和他公司那個醜醜的會計，依偎在車裡睡沉了。她把擋風玻璃砸碎後扭頭就走，丈夫天亮了才回來，回來還睜眼說瞎話：「喝醉酒了，車子停在路邊，不知道給哪個瘋子砸破玻璃！」

她提出離婚，結婚七年就只這個決定完全違反她牽纏的個性，原本還猶豫著的丈夫，聽到她打破玻璃的真相後終於答應。驚動雙方父母出面處理時，她曾給過他機會，但她沒料到，最後堅持離婚的竟然會是有外遇的丈夫！她記得丈夫憤怒的話：「我沒有外遇！我的外遇完全是因為妳的懷疑，誰娶了妳，誰都會成為一個有外遇的丈夫，離婚是早晚的事，我寧願選擇現在！」

離了婚，阿娥和秀美來看她，不歡而散的理由是她倆竟然會去相信他，而不相信十幾年的老朋友；她們居然可以相信，異性之間仍有互相關懷的知心朋友，而不是情人！秀美甚至說她丈夫醉酒、遲歸，和會計半夜在路旁依偎著睡覺，都是因為她給丈夫壓力！說她牽纏褊狹的性子不改，嫁十個丈夫也沒用，終究要當離婚婦。

事隔兩年，丈夫沒娶那會計，她也沒有另交男朋友，女兒和爸爸媽媽都親熱得很，她和丈夫偶爾在假日出遊，照樣上床做愛，少了一紙婚姻證書的踏實，多出來愛情的細膩尊重，重新確認了丈夫的寬容大度之後，她再一次深深愛上他，無法自拔！

然而，她再也不會因為一些小事，一個偶發的念頭，就打電話找丈夫傾吐或訴苦，她逐漸發現，愛，必須厚重而不帶壓力，愛，必須伴隨著一些孤獨清冷，才能反芻甜蜜滋味。

這樣的心情轉換，阿娥和秀美完全明白，她們建議再過兩年看看，反正補辦個結婚手續也不費什麼事！秀美說：「妳呀，妳這個漂亮的女人，原來是隻滿腹情絲的春蠶，婚姻對妳而言，是太厚的繭。悶了妳也悶了妳丈夫。」阿娥說得更輕鬆：「丈夫，丈夫，一丈內才是妳的夫君，硬要把個大男人牽扯在褲腰頭，多累人哪！」

何必一定兩年，如果婚姻只讓自己困入繭中，她寧可不要！破蛹化蝶，掙扎蛻變的過程或者無法逃避痛苦，她相信她從此將是愛情園地裡輕盈自如的蝶。

夜宴的氣氛，逐漸冷落，牛排館把燈光調暗了些，換過了音樂，她斜倚著椅側扶手，啜飲著香濃的曼特寧咖啡，感覺室內華貴的裝潢悄悄醞釀優雅柔美。秀美和阿娥繼續談論丈夫兒女瑣事的聲音，滲入小提琴曲折流漾的旋律中，幾分刺耳！她笑了，拈起小銀匙，輕敲玉白杯盞，直到兩個聒噪的女人閉上嘴，她才開口：「唉！女人！一入情關，天地都窄了。先把孩子老公擺一邊，聽聽這段小提琴說些浪漫，如何？」

子夜歌

清商曲辭中吳聲歌曲名。宋書樂志：「子夜歌者，晉有女子名子夜造此聲，晉孝武太元中，琅琊王軻之家，有鬼歌子夜，殷允為豫章時，豫章僑人庾僧虔家，亦有鬼歌子夜。」詩情歌怨，幽明啾啾皆作悲鳴。

可憐第一：婉伸郎膝上，何處不可憐

許多事，總讓她來不及選擇，就發生了。
相遇的情節，千百遍夢魂編排過，十年枯守人世寒涼，換來如此重逢！
長街車燈流火，急遽竄梭在高樓兩側霓虹光影裡，夜未深，雅琪服飾專賣店黑白分明的招牌，還清楚標示時髦的潮向。被落地門窗隔絕的沸騰街景，燃燒不起來冷氣室內，淑女閨秀靜柔而挑剔的眼眸，試衣間幕低簾垂，護衛一旁的男士，正等待著一次又一次的驚豔——在風裳水珮旋揚裾裙成圓的剎那，努力的自唇角釋放一朵微笑。

她何嘗不喜歡媚麗或嬌俏的衣飾，披展出一身各自風華？然而她只是冷冷的，端坐在蜜斯佛陀專櫃後，望著明麗淨潔的玻璃櫥裡整排鵝黃淺紅嫩綠的盒子。今夜，她無心去替那試新裝後的臉龐，招攬任何撲抹敷描的化妝品。

她是化妝師。

如今回想起第一次偷偷塗上口紅的情景，那種因美麗而心疼震慄的感覺，已經相當模糊。她深信生命中某些最初的神祕經驗，冥冥牽引著此後運行世途的方向，她原就長得秀眉秀眼，尤其是她拋脫學生的清湯掛麵，蓄起一頭青髮如瀑垂瀉雙肩的時候，淡妝、濃妝，都讓自己著迷，她因此挑選了這份職業。

接受短期的儀態談吐化妝技術訓練，她成為最動人的專櫃小姐。而美麗是不寂寞的，在愛情的追逐中，她也是群星競捧的月，優雅溫婉的分潤柔柔清暉，卻從不肯歸屬於任何人。

直到遇上他。一個把錦繡前程和托福考試相提並重的預官，挺拔俊秀的向她行來，同樣美得教人無法抗拒。

承認前世緣續，今生命定，是無法脫逃的輪迴，便甘心做他愛情網罟裡最溫馴的獵物，可憐婉轉郎膝。接下來就是一場醉人的，雙宿雙飛的夢。

當時年輕，又怎知好夢由來易醒。

又怎知世事取捨未能盡如人意，愛仇情恨，竟也可以這般激楚的決裂。這中間還包括一個……一個還來不及謀面，便還回原身星穹下的一縷游魂，是他不肯讓她選擇！

她自覺罪孽深重，不胭不脂的任由青春褪色，狠心讓情斷如髮，更在認定那男子千言萬語終歸一句不負責任的真相後，以冰雪密封僵涼的心扉，發誓永不解凍。

歲月的苔痕逐漸添深加厚，浮掩情傷的裂隙，慢慢的她寧可相信，他學成歸國後才能迎娶的苦衷；頭髮長長了，她開始等他，發了瘋似地相尋他。

拿了她一束頭髮，他飄流重山重海之外，雲深處，緣斷情滅。

多情第二：春風復多情，吹我羅裳開

年年梅花落盡，枯椏殘柯自在春風中新吐芽綠，她已不再是柔柳垂楊的心情。替幾個自動上門的年輕女孩，點撲夜妝。她們都是迷巢的流鶯，在大都會燈影淒離的某個角落，向尋歡的醉客展現她們俗豔的羽毛，換取生活或是虛榮的代價。她並不確切了解她們的身世，也許，野店孤燈客旅，某一個夜晚在某一雙陌生的臂膀中醒來的一刻，只有她們自己才能決定，落淚或不落淚。

她則再不肯去知曉淚水是如何鹹澀的滋味。

都市的冷漠，造就浮塵般乍聚乍散的人際關係，連疏離的感慨都談不上。愛痛情苦也久不曾牽動她的眉梢，記憶成了她典藏的祕笈，可翻可不翻，只一個青春流逝的迅急，還讓她驚心動魄。

化妝品專櫃推陳一系列一系列的產品，白玉雙星到麗比芙蓉的各種乳液冷霜，追索不回她往昔的圓潤，當她撫不平卸妝後眼尾細密的紋路，並且拔掉第一根愁白顏色的長髮之後，她決定從此做一個快樂的單身貴族。

單身貴族的定義是什麼？銀行存款逐漸和年齡成正比？還是伸出愛情的手抓住青春的尾巴，去尋求男人蜜般的誓言，來讓自己笑得更甜？她明白這些冷酷的事實，卻依然任自己沉淪。

只需要幾分妝扮，她依舊美麗得可以不用付房租，錢那個男子一個月來幾次大廈七樓的金套房，在短促的相聚裡，投入大量的愛情速食，解她飢渴，就得回去他必須擔負和支撐的另一個家庭。偶爾她沉痛任性的索求時，他也會盡量抽空出來陪她，就這樣她把日子過了下來。

幾年來，嵯峨的建築增多了，擁擠的都市更擁擠，迴漾揚波的人潮，追逐金錢和肉慾的行動也愈演愈烈，道德倫常成了一種古老的笑話，那男子以知己的形態，在她的軀體上尋求心靈的休憩，再用物質的真心來表示感動，這一切她默許承受，淡漠的迎合此種互不相占的愛情遊戲，孤自把持來去由心的權利，也不求他脫韁解鎖。

她也毫不憐惜的放過，許多次相親後垂手可得的歸宿，以緣與命未遇未逢的理由，安慰焦慮的父母，甚至按月拿回去一筆錢，讓街坊鄰里安心自己的堅強。而在心底最柔軟處，她知道她在等什麼！這般芳菲皆到盡處的等。

一次無顏相求不忍棄絕的，重逢。

固執殉道者般淒厲狂烈的一縷生機未絕，讓她在塵俗煙騰火燎中走成步步斷若還續的跫痕。幾乎確信，縱或孤飛的羽翼凋磨折損，再相逢時交燃的情烈如焰，她必將縱身無悔一躍，像期尋火浴的、疲倦的鳳凰。

她還在等待愛情重生的那一身亮麗風姿。

憔悴第三：枯林鳴悲風，為郎憔悴盡

提早把化妝專櫃打烊，向雅琪服飾的老闆娘招呼一聲，就融進才剛開始，都市子夜奢迷狂亂的街燈裡。細風挾持著微塵和辛辣刺鼻的汽機車廢氣，一起擁盪排擠在身邊，一種親切的可憎。在這充塞著各類氣味的大地之間，無所遁逃的日子久了，人的感覺便也和嗅覺一齊遲鈍麻木了。

多久不曾這般快意的，讓痛苦撕心裂肺！在和他昨日重逢之前？

昨天，遙遠鮮明的昨天正午，陽光燦亮得像新嫁娘眼中閃動的喜悅。她仔細打扮了一個年輕的新娘，並且提著化妝箱跟隨在新娘身畔，好及時做好補妝的工作。沾染嫁娶的氣氛，她會快樂些，甚至她刻意描繪的美麗，亦是眾多賓客注目的焦點。她喜歡被讚賞的眼光肆意投射；更喜歡新郎眸中盈溢的憐愛，總會勾起她熟悉而心酸的甜蜜。

現實似幻，往事竟然成真，新郎是他！

只一剎那，他驚詫僵硬的面容，迅速蒙上一層霧影，接著在模糊中碎裂成片。是他！是他！她在淚水滑落和暈眩過後重新確認那張鏤骨刻心的臉，像一個垂死的母親，絕望的看著她的嬰。今生來世依稀呼喚期許，荒天絕地淒苦癡守相待的人，竟——是新郎。

整個亂世般的婚嫁過程，她眼如錐，釘向他不安的背影，思潮分明如刃，寸寸切斬心頭最柔軟的那塊肉，躲在金絲繁紛的喜幛裡那片猩紅，她獨自輾轉哀號，一種烈火燙炙的疼。

那只是昨日，滔滔不盡的塵世裡她一貫憔悴的，一次月昇日落，而已。

今天，她如常照顧她的專櫃，不動聲色的為熟識的顧客做臉敷面。有個饒舌的，還說她眉沉眼鬱的樣子，特別有種端莊楚楚的美，哈！

高跟鞋敲響著空洞的聲音，在呼喊的街道上浮浮沉沉，如此確定的，不真不實的感覺便湧了上來。她攔了一部計程車，回到她的窩。踢開斜倚房門的一束玫塊，反鎖了門。今夜，她不需要那個更虛妄的男人，口中黏膩纏繞的愛情，十年一夢春閨樓頭，千帆已過盡。

她也不忙著開燈，摸索著讓音樂自指尖一觸流瀉，情牽的旋律捲裹著黑暗如潮淹沒了她。她凝坐嶙峋的如礁崖望夫的姿態，而頰上淚水溫柔，滑過未卸的胭脂，行行更生，行行漸遠。

起身把窗簾推向兩旁，玻璃反射的微光映現出一張幽微的臉龐，冰清嚴冷，恍惚間，那是天上謫仙偶墜濁塵的絕世姿容，悲憫的正凝視著她。

她慌忙開窗尋找，卻讓迎面的一股熱氣窒了一窒。七樓之下，城市像著火的叢林，在這子夜時分，鋪天蓋地的燃燒著，眩魅的亮麗誘惑著她，誘惑著，她低頭俯視，長髮自兩側披垂如凋敗的羽翼。

攀上敞開的窗口，她尖聲嘶喊號泣，像烈焰焚身的火鳥，最後的一次悲鳴。

雅琪服飾店的老闆娘，訝異的打量著坐在化妝專櫃內，那個陌生的女郎好久好久。

她迎著她微微笑著，什麼也沒說，她知道她會認得出來的。她只不過是沒化妝，而且在遍尋不著鐵窗安全口的鑰匙時，偶爾看見那把剪刀，順手把頭髮剪短罷了。

迷情雨

火

雨，下著。

急密山雨層層織就重簾，遠處迤邐峰巒，眼前深谷幽澗，只一剎那，全融入水幕霧幛中。陡峭的碎石山道，是條小小的黃河，向他逆流溯游的軟底休閒皮鞋，打了個水花四濺的招呼後，一路曲折奔騰下山。

水由鬢角眉梢串串滴落，穿透絲質襯衫後再濡溼棉質內衣，最後在皮帶束縛的腰際匯集成一環水潭，踩一階石梯，水便前後俯仰，像牽引他又像拉扯他，他終於放棄衣冠勉力維持的一點尊嚴，把襯衫拉出一角，將水釋放。審視一下自己狼狽不堪的模樣，心裡隱約升起一種放浪形骸的快樂。

——前途若仍是一片陰冷，那又如何？

留信離開素貞時，十行紙上以飽滿的墨汁，痛快淋漓的揮灑大字：「情深怨重」。擺在她的梳妝台上，收拾好簡單衣物，兩小時後來到這山城深處。山腳下拿兩千塊託寄車子，不聽山農風雨欲來的關切話語，逕向魂夢時常縈迴的山巔小寺廟，昂昂前行。正午的陽光，照在山農接鈔票時赧顏羞色的臉上，還如此靜朗清明，誰知道，午後山區，天氣果真說變就變，雨下得這般聲色俱厲，倒像是在斥責著自己的愚昧，不懂山腳下那樸拙顏面的老農，才是竊得天機的人。

——他卻不是渡我迷津的人，至多教我不被淋溼罷了。

脫下皮鞋，鞋帶拉過來繫個同心結，把兩條欲沉的小船擱在手提箱上，腳底輕便了些，而身上貼著沾著的冷，仍然撲不熄心中的焰苗。「情深怨重」！想到這四個字，火舌便突地冒上來些，三年，三年來這點灼熱，他傾盡全力把它推到最隱密的心靈角落，以哲理思辯築堤圍堵，卻總在某些時候，一回頭便還看得見，那魔魘般的火光，仍在他生命底層陰鬱的閃動著。

這樣燒燙的感覺，從不曾離開過他的婚姻。新婚之夜，幾個大學時代的老友共聚鬧房，他是最佳風度的旁觀者，秀麗的新娘則含著溫柔淺笑，任由那些藉酒意學狂士的老友們調笑。他們或草或篆的各留手澤，合力完成一卷掛軸：「欲學比目何辭死，只羨鴛鴦不羨仙。」七手八腳的釘上牆壁後，有人笑問：「欲仙乎？欲死？今夜即知分曉。」素貞粼粼的春水眼波瞅著他，桃紅染上胭脂頰，他暖暖的站著笑著，滿滿的幸福。等到有人以醺然的醉意，半認真半玩笑的堅持一向嬌柔嫻雅的新娘，一定是台灣最後的處女！眾人起鬨打賭，在床上鋪上一條白色的手帕，說定明晨取來證明古風未墜，一夥人才顛躓呼笑出門，留下一對新人，僵僵的面對錦繡大紅絲被上，一方刺目灼心的白。

——從此，生命的豔色繽紛，遮不住這一方白啊，白！

那一夜，他的新婚之夜，他趁著素貞入浴室卸裝時，偷偷的把那條手帕丟進垃圾筒，調暗燈光，等在浴室門口，以誇張的熱情把素貞柔膩的身軀抱上床鋪。在黯淡的新房裡閉眼親吻她的唇頰，並且故意忽略舌尖那澀澀鹹鹹的滋味……然而他愛撫的手勢卻愈來愈拙滯，直到他喃喃的甜言蜜語裡突兀的插進素貞嗚咽的一句：「維禮，對不起！」

——一場激越縱情的雨，下在泥濘心路，在剛要攜手同行的起點上。

他恨自己！李維禮是最優傑出的室內設計專家，績效和原創力一直維持不衰，造型美學和色彩搭配的鑑賞能力更是獨具慧眼。當他交出一張零缺點的室內配置圖樣，博得同行讚嘆時，只他自己知道，他多麼恨自己，恨自己在婚姻中也容不下那一點點瑕疵！素貞任教國中美術和音樂，是職業品味如此的相近似，讓他在婚前和素貞有說也說不完的話題，信誓旦旦的要以新的戀情和婚姻，溫柔梳理她曾經情海波濤中折損的一身羽毛！

她坦誠的說了個故事：以遲到者的身分，愛過一個男子，並且付出少女最無知也最真實的一段時光，歲歲月月走過，那個男子雖還關愛她，她卻已在輾轉煎熬的巨痛中，孤獨走出一條煙嵐清冷的路。這一生，再不肯輕談感情了。他還記得，記得素貞說：「謝謝你以知己的朋友並肩陪我走一段，若是走岔了，到了『愛情』這站，記住！我們可得在不同月台上車！」

到達愛情的旅站，兩人足足走了四年，是他不捨得分手道別；是他李維禮苦苦要求比翼！

素貞一定想不到，她允他求婚時說他情深意真！三年後，會看到那樣的四個字：情深怨重。

——多麼虛偽的李維禮，說什麼從不在乎她的過去！

一塊較平坦的石板之後，接續著十數石階參差破損的防滑圓木，山路愈加陡峭了，一個彎繞過一個彎，他終於來到近山頂的路旁茅草涼亭。亭子太小，只剩下裡頭石桌石椅還未淋溼，亭柱上釘了塊木板；用白漆寫下「避雨亭」三個大字，憨直的筆觸理直氣壯。至少他匆匆躲進去時，同意這亭子拿來避雨最恰當不過了。

幸好手提箱是防水的，他脫了上衣擰乾，晾在石桌上，雨中荒山無人，索性連內衣褲也換了，溫暖的衣裳喚回來他那親切優雅的感覺！他滿意的在避雨亭裡觀雨聽雨，雨，便沙沙的在他眼前鋪繪出絕美的風景，整個世界是暈染的淺綠濃綠，雨自葉面草尖流淌滴落時，像極了翡翠盤上滾動的珍珠，方才，雨是他無可奈何必須接受的刑罰，只退一步，多一方屋頂遮攔，為什麼這雨，竟然可以如此婉約可人？

——為何在他三年婚姻生活裡，他就是尋不來一個避雨亭？

周遭同事好友之間，他和素貞是令人豔羨的一對，共同討論一幅畫的線條和配色技巧；一起聆聽音樂室裡播放的演奏曲，相視瑩然的眸子，有著今生原該無憾無恨的淚光，水晶琉璃的幸福捧在那一剎那的手上，卻酸楚的知道，終將碎裂的結局。

那方白色的陰影，總在他和素珍燕好時，紛紛飄墜冰冷的雪，覆上他沸騰的肉體，也讓素珍呻吟索求的紅唇，褪成剎白。

當素貞絕望的推開他，緩緩背轉身子，以山巒起伏的腰臀稜線對他，他鎖入記憶煉獄裡的那朵焰苗，便轟轟盤燒上來，他阻不住，阻不住不去想起這美麗的峰巒曾是有人攀登過的事實。

輪到他向妻子說對不起，一次又一次。昨日，昨天夜裡，素貞清清楚楚的在他耳邊輕輕說：「維禮，我們離婚，好不好？」

——離婚，好不好？

——好不好，我們離婚，我們還會是好朋友！

雨，仍在下著，亭子裡他唸著三年來心裡唸過千百遍，卻在昨夜由妻子提出來的話語。

禪

——李先生，如果我老劉記性不差，您這是第二次來，沒說錯吧？

——是，是，兩個多月了，那次是陪朋友上來看祥伯的，還叨擾您幾餐素炒，不輸台北名廚哪！

——哪兒的話，山裡跑兩趟，餓來哪個都香，要不我那兩下哪端得出去？

——上次沒能多聊，您老是哪兒人？回去過沒？

——江蘇南通，小地方，回去過，爹娘早沒了，一窩子親戚認不完他，亂了幾天，就老想回來這兒。

——這兒是好，是神仙生活，您是當神仙慣了。

——哪來打雜種菜煮飯的神仙？是祥伯這個軍中老夥伴肯收留。就快六十了，找個乾淨土埋了這把老骨頭罷了，到頭來誰不都一樣！不老不死的神仙哪有這麼容易做的？像你祥伯，擺了尊木頭菩薩，朝拜晚拜的，我可沒法子，他身子骨輕好彎腰，哄我拜了幾次。差點沒把我累翻臉了。還有那些什麼乘法蓮花藏什麼的一大堆書，他當寶似的沒事就唸，我看著他唸了五六年了，也沒唸出個神仙樣來，倒是就快把眼睛唸壞了，上回下象棋，被我將了幾將，直賴我欺他眼力差，說我偷搬棋子呢！

——您說的是大乘妙法蓮華經、大藏經。咦？祥伯他老人家會賴棋嗎？

老劉停下翻撥葉片的動作，順手把捏住的一隻青色毛蟲掭入白菜根部，扭頭向李維禮說：「好啦，你就別走，去那邊亭子等著，我叫他來，殺他兩把給你瞧瞧。」

看著老劉矮壯硬實的身子，朝著小小山寺走去，近午輕暖的陽光，閃閃亮著他一頭花白的短髮，李維禮不禁吁了口氣。這個獨身的老兵，走過多少人世坎坷，老來步履仍有當年征戰的銳氣，那些烽火離亂的辛酸，為什麼他能不露絲毫牽掛痕跡？傍依佛門左右，猶魯莽把自性顯現，尋常飲水安身立命，卻是處處無礙自在，他是怎麼做到的？從陪他蹲在菜園裡，看他挑出一隻隻嚙食菜葉的毛蟲，掭入土裡說是當肥料又省農藥，彷彿這是天經地義的事，而自己卻老記掛著，這三天來一盤盤豐厚甘香的青菜快炒，到底算不算素菜？

想到這裡，李維禮突然嗤笑起來，只覺得世間事荒謬得很。躲進這山寺，原想在暮鼓晨鐘裡思慮出或分或合的婚姻之路，把一心向佛的父執輩當做慈悲智者，期冀自己牽纏在無明糾葛時，能夠有人及時幫忙破迷轉悟！那天，猶溼著一身冷雨，拖著泥濘裸足尋著祥伯，將素貞和自己之間的障礙，客房裡說得山高水闊急流奔澗，穿著僧袍的祥伯垂眉垂眸聽完，睜眼劈口就罵：「過去的事，丟出去的石頭，素貞拋得開才嫁給妳，你卻跑回去又把石頭撿起來，砸得兩人混身青紫，常初你就沒結婚，現在有什麼婚好離？」

捱了一頓窩心的罵，祥伯出門時意猶未盡，回頭粗聲粗氣的交代：「先住下來，好好弄清楚，抱顆大石頭累是不累，想捱罵再來找我！」

佛法有八萬四千法門，這算哪門子的棒喝？三天來，翻遍寺裡佛經教義，頗不如老劉隨隨便便捺死一隻偷吃菜葉的小毛蟲！

嚙咬了自己三年的念頭，可不可以只是一隻小毛蟲？挑出來，一朵婚姻情愛的花朵，瓣瓣圓滿……，也只能這樣吧？祥伯說得是：放下來！火海紅塵偏多俗世情腸，誰有說放就放的般若智慧？

慢慢走向涼亭，入眼山川景物，盡皆可喜，耳邊竹浪松濤，滾滾相隨。來到亭前，削平的亭柱上草草雕深一副楹聯：

雲映空明曲谷清溪照月影

風聲寂靜花香鳥語悟禪機

這對聯貼情切景！說教味道濃了些，大概是祥伯動筆，老劉操刀的結果。正思索間，老劉的聲音已遠遠喊來：「李先生，你別走開，下棋的來了！」

祥伯拿著棋盤，寬鬆衣褲飄飄，雲水深處行來的孑然一僧，而老劉腳沉步穩，跟在一旁，東比西指的彷彿共賞一路風月，行得近了，才看清楚兩人各繃著臉，不知道正爭辯些什麼！

進入亭裡，祥伯擺好棋盤，轉頭逼問：「維禮，老劉朝你吹牛皮對不對？說我棋下不贏他對不對？你信是不信？」

「沒有呀祥伯，老劉說你倆棋逢對手……」他盡量把話說得委婉，兩個人一般的爭強鬥勝，誰都得罪不起。

老劉不服氣了，連聲催促：「來來來，這裡沒有外人，看我再讓你不讓？」

亭子裡兵馬縱橫，棋盤敲響蹄聲，果然一片煙硝火氣，隔了一會兒，老劉不說話了，只剩下唉聲嘆氣，惋惜大好河山滿目瘡痍，祥伯偷偷抬起頭，眼裡是朗朗乾坤，絲毫不起鬥意，朝著維禮淡淡一笑，揮了揮手！

李維禮豁然一驚，大步走出亭外。人在局中，唯大智慧者才能揮手淺笑，便成局外人。

劫

是你，是你領我走入千轉萬轉的情愛途中，教我一生走成如斯痛切，如斯綺麗。

離婚協議書攤平擺放，在客廳大茶几上以龍鳳章描金繡花的盒子壓住，走到窗口，第十層的高度往下看，雨中霓虹燈影狼藉，像一場繁華盛宴後未及收拾的剔亮杯盞。曲終人散的景象，是不是？

維禮離家後，每晚，剩下我單獨守著空屋，四房兩廳的大樓，我沉默的身影，驅不散燈光亮眼刺目的空白，把壁燈桌燈吊燈投射燈一盞盞試著熄滅，留下床頭一圈暈黃，祈它助我入夢。而夢裡相陪的仍舊是你！為什麼是你，而不是維禮？我那外表、職業、財富都遠勝於你的丈夫。驅逐你於夢中，我睜眼凝視一屋子幽黑熟悉的家具擺設，腦中浮現的反而是熟悉幽黯的你！舊日的你，你眼中鬱鬱的一點深思憐惜。

結婚三年，我把你荒蕪的眉眸放逐三年，任你流浪在我生命最寒涼的角落。學校裡偶爾相遇，迴廊下我回頭望你，像斑爛錦燦的蛇，望著它蛻下的舊殼，讓風輕輕翻動，輕輕吹走。三年來，你不曾教我一聲小貞，我卻已能在學校任何一處喧嘩或安靜的場合，喊你，平靜的向你說：「進度如何？你的水墨畫展什麼時候再開一次？」

學校裡沒人知曉，你曾是我宿世難逃的劫，情劫似火的焚燒，我把水般瑩潔的青春交由你兩年，滾沸煎騰的兩年。那兩年，陪你四處採景作畫，我們是荒天絕地裡依偎取暖的影子，瞞住整個世界的眼睛——包括你那並不關心你作畫的妻子。

那是怎樣癡狂決裂的青春呵！你的畫，清苦水墨直直繪出你對人世的厭倦和悲傷，另一邊的畫架，我時常擱筆怔怔的瞧著你，好想把你所有的憔悴納入懷抱中的溫柔撫慰，荒郊野店的晚餐後，聽你藉酒傾出困頓窮苦的童年心事。更深的夜，你曾幾度埋首在我年輕赤裸的胸膛上，垂淚如嬰，索求如嬰，而情慾的初嚐再嚐，很快便讓我深飲豪醉而無力自拔！

只在酒後，你剝去現實世界浪漫的畫家外衣，我才能以母者褓抱的姿態擁你入懷，任你需索。愛，如果這就是愛，為何那樣無所遁逃於天地的無奈，總在激情過後，掩上你我深鎖的眉睫！

維禮，我的丈夫！我原該好好想想伴我三年的這個男孩。他正在山上苦苦思索生命轉折處，急待抉擇的方向。良好的教養和身世，讓他有幾分完美主義的傾向，如果不是你，如果把一個完整的我交給維禮，他就會是一個最標準的丈夫，而我會不會幸福呢？也許會！但若沒有你我又怎會懂得幸福的面貌，有著詭譎妖豔的一面。也許我該瞞住那個故事，像瞞住故事中的你一樣，我已把你一家人搬到國外，好讓他安心。維禮寫下情深怨重四字，悄無聲息的抽離婚姻生活，我能懂他溫柔的決裂和決裂的溫柔，卻仍放肆的把你納入所有思維之中。為什麼我會不去擔心，這個使我喜悅使我憂傷卻不能教我愛的大男孩，這幾日幾夜後，將如何躑躅在哪個微雨淒冷的荒徑呢？

知道嗎？向他提出離婚的念頭，第一次起自於新婚之夜，漫漫三年之後終究明白，若我還在他身邊，他那性格上的潔癖，將會毀了他！我是他最愛的明珠，而明珠上舊愛的烙痕卻是他無法忍受的瑕疵，我呵！我，原已甘願在禮教世俗界定的幸福標準裡，把一生都埋葬！

結束這場婚姻，只讓當初離開你時的誓言，更堅定些。我希望有人陪我，而沒人陪我時，我倒寧願不被人干擾了，你會懂嗎？也該只有你懂的。情愛的城堡縱已化作荒墟，我依然是那斷垣殘壁裡守候的秋草，和風中拂動著不死的芳心和生機，期待在偶現的契機裡，為你生命的畫頁，添上或濃或淡的一抹綽約了！

你果真是懂我的，當我渴盼你時，你就會出現，用你深情疲倦的眸子冷冷撫慰我。昨日黃昏，雨下得淒惻酸楚，學校裡人全走光了，我站在校園門口望著雨中各自覓妥方向奔馳的車陣，不願回去那空蕩蕩的大屋子。你悄悄走到我身後，站到我傘下替我撐起柔薄的花傘，傘花如萍，我浮盪的心也如萍，我原該拒絕飄向你已嫌擁擠的流域呵！可是，千百種理由都抵不過你輕輕的手勢！

你大我七歲，而我已三十，許多的選擇再不能歸諸年少輕狂。當我們各肩著一邊夜雨的涼意，沉靜依偎著走入旅店，在一室無邊的黑暗中，無聲而恣情的索取對方熟悉的身軀暖意，我是以離婚婦的滄桑，接續著煙沉的舊日歲月；以人世單飛的心情呼喚曾經並翅翔舞的記憶，而你，你呢？我問你，在你做愛之後一貫的沉默哀傷裡尖銳的問你；憑什麼你如此毫無顧忌的，要我？

你把床頭燈打亮，汗珠在你裸露的肌膚上漾起晶碎的光點，你眼裡的喜悅一如漲岸的潮水，清朗的話語是沙灘上幽悄的月光，訴說著宿命浪濤的消息：

「小貞，一年前，我那愛跳舞的妻子，舞出她生命另一齣戀情，甘心放下孩子離開我這窮畫家，從那時候起，我就在等妳。我明白，妳選擇維禮之後，小貞已在平凡女子的幸福中死去，他只是妳丈夫，卻不是愛，就像未曾遇上妳之前，我也不曾活過一般，今天看到妳，我就知道，我的小貞又回來了，這次，我有足夠的理由留住妳。」

是的，就是的，你肯放任我遍嘗情劫的痛切與綺麗，只因你雙手各提著道義和責任的包袱，再無法拉扯我絕裾而去的背影，而當你終能擁我共舞，我已在另一個婚姻的玻璃屋中和你涼涼相看，是我不能等，還是你走快了？姻緣道上竟是無緣牽手！

別離的街道上，我把花傘倚在書局門口，向偷打瞌睡的女店員買離婚協議書，是我脆亮輕麗的語音透露什麼訊息，那女店員睡意全消大惑不解！我淺笑出門，雨方歇，升騰的水氣在柏油路面漾起流離的夜霧，我在霧中，回到我即將離去的家。

今夜，滴答答的雨聲敲著窗口，我如此渴望你和我共聽那冷雨。望定床頭啞啞的電話，你就在線的那頭，想我，是不是？是不是！

歸

還是迷離的雨，下著。

寒雨深更，即使不疲倦的都會霓虹，也乏乏的闔上眼睛，所有白日裡燃燒的市街巷道，子夜過後全教雨給撲熄了，只有路燈相互提醒，強睜著恍惚的暈黃睡眼，守候著輾夜遲歸的輪聲。

雨，一絲絲一線線，織成一張網，密密遮掩千萬糾葛的人間世，悲喜怨憎愛恨悲歡，都睡沉在網裡。而織網的雨，這窺視人間隱祕的精靈，還掛在一扇扇窗口上，逗留嬉鬧。

這棟大樓第十層的住宅單位，還有一扇未曾閉幕的窗口映出燈光人影，正繼續推演情節……

寬敞的客廳內，方桌上的燭台燃起幾朵錯落有致的燭焰，以花的姿態綻放。壁燈散發淡淡粉色輕紅，高腳酒杯漫流出一室濃香，更醉人的是女主人眼角眉梢的風情，酒意染上酡紅的頰，秀麗矜持的眼波此刻交揉著聖潔與淫媚，懶懶的斜睨著眼前男子……。

好一幅綺旎的家居行樂圖！雨滴在玻璃上往下滑，往下滑，九樓八樓七樓，終於跌碎在路燈投射的光影裡。

路燈正望著街道盡頭，一輛夜歸的車，衝破雨簾，由遠而近。

維禮回來了！

密閉的轎車內，維禮看著間歇擺動的雨刷；看著親切的都會景致，想起幾天來山中遁世的生活。山中早睡，祥伯和老劉早入夢鄉，腕錶指著十點，他盤坐在廳堂中央，瞪著棗紅佛案上兩盞千瓣蓮花燈，心頭也是千呼萬喚，放不下工作，更放不下的是素貞，三年來晨昏廝守的妻。衝動的留下一紙謝辭，摸黑下山，心情卻和山中的疏星朗月一般無二。敲了農家的門，開走了車子，急馳在婉轉鄉道上，飛趕回家。

而氣候如此詭譎，都會裡溫暖的家，浸濡在夜雨中！

「有什麼關係呢？」維禮想著：「家裡有柔滑的懷抱在等著，有優雅的音樂，或者可以來一杯醇厚的威士忌驅除寒意。」這樣的安慰，其實難以遏止漸升上來的擔憂，他知道素貞獨立的個性，而終究她是處於婚變的女子，必須承受情緒波濤的衝擊，漫漫長夜，讓她獨守一室空寂，自己卻拋下一切自尋內心的平靜，他不禁生出一絲憾悔與歉意。

「自私！」維禮突然想起這個名詞，兩性之間的評論剖析，他所看到聽到的都是自私兩字，代表著不成熟、沙文主義、女性歧視。譴責的箭頭，永遠指向丈夫！維禮明知道這是對的，可是，他還有個一直羞於也不忍提出的理由，商場應酬時，他拒絕誘惑，以三十歲的處子，要為婚姻，為人世夫妻起步的那剎那作清白無憾的見證。而素貞，素貞卻比他多走一段，這一段，卻是三年來縈繞不去的椎心刺骨！

可這一切都過去了！噩夢一般的既往婚姻，一朝醒來，應還能走成一路好風好景。偶有蠕動的不安，且學老劉，將它順手捺入土裡，久而久之，便可像祥伯般揮揮手，一揮手，諸天神佛，紅塵眾生，都一笑置之！

車子停入地下室停車場，電梯間裡按下一個暖暖的10字，回家了，曾經飄盪遠離的浪子，終於回到心靈最愛歇息的窩，窩裡有個受盡婚姻折磨，可憐可愛的小女人！

電梯好慢，卻終是停了。在這樣深更的雨夜裡，他本不想吵醒素貞，但門是反鎖住的，他空有鑰匙也打不開。按了電鈴後，他才注意到，鐵門玄關處的小燈，不知何時已壞，他就站在險巇莫測的幽暗中期待著，期待素貞濛濛媚眼乍然驚醒和歡呼的一剎那。

維禮的心跳，不知不覺的急促起來！

卷 二

生死悲歡

人啊！必須承受多少塵世不盡牽腸的熬煉？

多少血肉病苦消磨的激楚之後，

才肯甘心面對因緣的了散，

而——瞑目釋手！

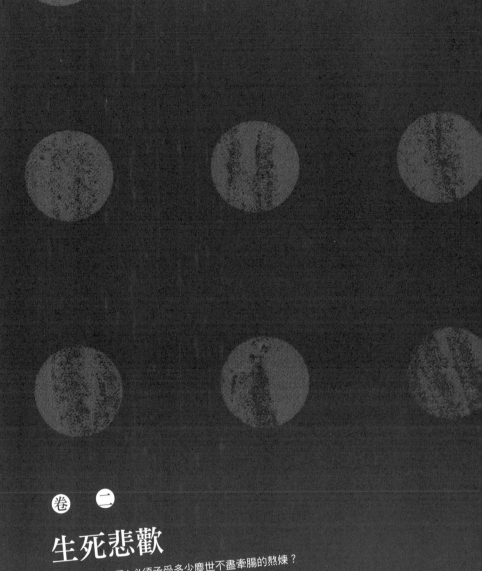

祖母的故事

彼時掖四腳魚真多，田岸頂圳溝墘，滿四界博博跳，水蛙土仔無田無園，也無父母來晟，只好每晚提著燈仔火，出去抓水蛙，人呢？生作緣投，古意擱善良。天公伯仔疼憨人，水蛙土仔劬勞做、劬勞賺，誰人知影，伊會去賺到一個水查某囝仔來做牽手。

祖母的話

黃昏，你臨岸佇立，閒看晚雲霞光鬥豔，只一下下，你忘了防備，心情就和那顆紅日一起墜入谷底。

或者，你起得早，山間晨霧薄氳清冷，野薑花雪色瓣翅，正扇著撲著它夜裡偷釀的濃香，溯溪漫步時你思緒如潮，趁著微風，也悄然扯起盼歸的帆。

山崖水湄，晴雨星月，不同的時間，不同的地點，你習慣而且寧願獨處，祕密的，開啟一扇回溯既往的門，抽出一些久藏的記憶，好把新嫩的鄉愁塞進去，再關起來。

你有資格這麼做，因為你拓荒的職業。長年野嶺巒峰，提山月為燈的工作人員，有另一個名稱——陸地船員。而注定流浪的人像風箏，飄呀飛得再遠，總牽定一條細卻韌的線，繫在故鄉篤實的土地上。不管瀟灑的嘴說得多響亮，家，還是要想的。

家裡，有個永遠的老祖母，坐在四合院角落大芒果樹下。那襲斜襟寬袖的黑衫，飄動千里萬里鄉心，一向是你最鮮明的思念。

小時候，你覺得祖母已經夠老了，老得可以知道「古代」的許多事情，包括龍銀藏在甕裡怎樣變成小白兔：長鬍子的大榕樹如何修煉成老公公，並且會拿拐杖打愛爬樹的小娃的屁股。你還記得，青啼仔新築的窩巢和那叫了一長夏的鳴蟬，老在你童年的夢裡招手，你樹頭拜了又拜，就是沒敢爬上去。祖母以天地神明私訂的規矩，輕巧約束村野孩童蕩逸的行徑，不致出軌。

她也在家族裡偶爾扮演慈祥大法官的角色。叔叔們忙著田裡莊稼，忙著喝酒划拳，七巧八仙親熱得很，那些輪流燒火煮飯的媳婦之間，則難免挑剔埋怨計較等等，牽纏出許多瓜葛。總要等到唇槍舌劍兩陣正式交鋒時，祖母有點重聽的耳朵才聽得見，也才會伸手管事。當兩三個原告或被告站在芒果樹下，神情凝重，而籐椅上的老祖母，蒲扇輕搖，在那兒娓娓論說前因，婉婉判明後果，這樣的時刻，再好奇的孩子，只敢遠遠的躲在一旁。

孩子們其實心頭是暗暗高興的，因為接下來的幾天，媽媽們總是特別溫柔，藏在門後的竹條子，也絕不會動不動就落在身上，討兩毛錢買支枝仔冰是最佳時機了。

祖母有五個兒子，五個媳婦，孫子一個個冒出來，誰也沒認真計算過，鄉下的孩子大的帶著小的，到泥巴地裡慢慢長大，晚上肚子餓了，都乖乖回籠，好像從不曾掉過一個半個。而晚飯，孩子們沒資格上桌，端碗菜湯泡飯，院子裡邊吃邊玩，孩子不懂貧苦，生活和醃瓜鹹豆一樣，可以津津有味。只在某些時候，大人們談到生死未卜的祖父，那竊竊低語聲裡難掩幾許嗚咽，才讓人略微感受到，歲月深處，悄悄潛藏的悲鬱。

晚飯過後，尤其是夏日夜晚，祖母的話翩飛若迷離的流螢，從「古早古早以前」開始，鋪陳出一個有情有靈的世界。

庄內，大員外有三個女兒，大女兒和二女兒嫁給隔壁庄門當戶對的少爺。厝內剩一個水噹噹的小女兒，這個女兒最傷大員外的心。因為她老愛勸員外修橋鋪路，做善事積陰德，大員外凍酸死死，一線錢打二十四個結，就罵伊女兒不知道「好命」，而伊會「命好」，是剛好她有個錢多多的阿爹！

第三女兒認為命好命壞，天來注定，若是命好，不管她爹有錢沒錢，都一樣好。

祖母的淚

你忘不了一個小插曲，當老祖母《水蛙記》的故事，說到這兒，有個小女娃突然冒出一句：「阿嬤，妳是第幾女兒？」「同款第三。」那女娃又問：「按呢妳命有好沒？」這個疑問句把祖母的眉頭問皺了，好一會兒，才笑呵呵摟過來那多嘴的女娃，一疊疊的說：「命好，命好，有這麼多乖孫仔，哪會凍講歹？」

你忘不了，是因為你當時就不相信，老祖母一邊拭淚時說的那句話：「奇怪呢？笑甲目油攏擦袜離。」你永遠記得，第一次鼻酸的滋味。

你曾向父母問起：「阿公在哪裡？」父親馬上翻臉，罵一聲囝仔郎有耳沒嘴，話比牛毛還多。母親好些，細語叮嚀你以後莫要問這件事，第一要緊不能去問阿嬤！並且和你一起保守「阿公去南洋當兵」的祕密。

就是那樣封閉而認命的世代，你逐漸懂事，當時不敢追問的事，後來已不忍追問，你曉得祖母獨立拉拔五個孩子，需要流下多少汗和淚，你更貼心的能夠體會，雁行折翼後人世單飛的淒涼。

你是大房長孫，父親回想起十二歲那年，祖母決定送他去大戶人家當長工，幫人牽牛割草，以換取三餐飽食的情景，還會紅了眼睛。「你四叔彼拵五歲，哮甲一隻牛，直要跟我走。」父親說：「時代在變，這拵的人好命多了。」

是的，你生時烽煙離亂已遠。三七五減租和耕者有其田之後幾年，你父親和四個叔叔合力翻修大厝，然後一個接一個娶妻。「你生下來時，阿嬤一抱著你就哭。」母親說：「歸工惜命命，疼你疼甲那啥！」

長孫出世，意味著苦難煎熬的結束：也代表祖母肩背重擔，終能放心託付給第二代。

或許，只因祖母歡喜的淚水，曾經浸濡過你初醒張的眼，所以你能提早察覺，祖母複雜的情緒，你喜歡聽故事，但你不會傻到去問祖母：「命有好嗎？」

你知道，你就是知道，阿嬤不是水蛙記裡的第三女兒，絕不是！

大員外氣個半死，故意教人去庄內找一個最窮的人，要把「好命」的小女兒嫁給他，你們知影伊找到啥人？對！水蛙土仔。

嫁妝一角銀攏無，就按呢人送過去，心肝真雄喔！這款老父。

誰知三女兒賢慧擱好女德，不嫌水蛙土仔三頓粥一頓飯，尪某逗陣無煩無惱，相疼相惜……

祖母的怨

孩子換過一批，祖母說的還是同樣的故事。

掙脫祖母的懷抱，你打著赤腳，踏牛車轍痕去上小學，初中時，你擁有一部專屬的腳踏車，到了高中，新買的摩托車走的都是乾淨平坦的柏油路面，整個世界以大跨步的方式，奮力拔足窮困的泥淖，行向富而麗的康莊大道。

四叔和么叔，拋捨了鄉間大厝，跟著你也負笈他鄉，繼續筆硯寒窗的生涯。而十大建設斯時開始，工商業從此躋身國際舞台。亞洲之東，碧海藍波中一隻小龍崢露頭角，正以亮燦燦的經濟鱗甲，妝點矯矢的身軀，期待壯碩之後，一飛沖天。

你親身經歷一個奇蹟從孕育到出生，感受到社會血脈呼呼轟轟的悸動，衝擊你年青昂揚的生命。只是你這村庄子民依舊堅持的口味，讓你偶爾強烈懷念起，番薯簽飯的甘軟，於是你會回去老厝，起個土窰，喝一群小毛頭幫忙撿柴生火，燜它一大堆番薯和笑聲。

你把最甜最香的，獻給祖母。

然後，你拿出玻璃彈珠誘惑新生代的孩子，一起到芒果樹下，膩著祖母講故事。或者，你以阿拉丁神燈和七矮人等綺幻瑰麗的童話，留住堂弟妹的耐性，再順理成章的請老祖母也說個中國式的傳說。你必須在某些情節曲折處，幫祖母加強懸疑的氣氛，並且適時保證比電視卡通還要精采，甚至你威脅那些想回去打電動玩具的孩子，眼珠子會凸得很醜。

這樣的場面，其實不容易控制，祖母向你說：「現代囝仔，迫迌物一大堆，袂愛聽故事啦！」

慢慢的，你發覺祖母愈來愈沉默。微黃帶白的芒果花，一年年，落滿她漸稀漸疏的白髮，在四合院內外奔跑的孩子，忙著模仿勇士們的驍勇善戰，也沒誰肯細心的為她撿拾白髮下藏匿的碎花。你當兵、退伍、求職，加入推動時代巨輪的行列，盡一份力，享受一份富足的物質回報，而當你把所得所知的繽紛豔麗，捧到祖母面前，祖母只有一句話：「你阿公那擱有在，一定不敢相信，一定真歡喜。」

終於你能明白，面對一個嶄變的環境，祖母已無法接納，兒孫激越投入社會洪流，她卻寒寒顫顫的退回那個幽黯的世代，收拾記憶的柴薪，獨自烘火取暖。

你探觸不著那朵焰苗的溫度！你只知道，它溶解不了祖母冰封在沉默裡的怨或恨。

有一日晚暝，水蛙土仔照常出去抓水蛙，這遍真奇怪，四界巡透透沒看半隻四腳魚塊跳。伊愈走愈遠，走到一個小山崙仔茄冬樹下，想要歇一睏。

還沒坐熱呢，伊就看到一隻隔冬的老水蛙，在樹頭縫的洞坑裡，「砰」一聲跳出來，看到人，「砰」一聲擱跳入去。

水蛙土仔燈仔火照呀照，烏迷瑪看弄無，只好伸手去摸，一摸摸出來一大把銀元，再摸，剩一個空甕子。這時掮，土地公伯仔出來啦！笑嘻嘻呢！

他說：「歸甕銀元攏是『李門鐶』這個人的，李阿土你只有一把的福氣，返去吧！」

祖母的笑

二叔和三叔，相繼搬離四合院，大厝更空曠了。

祖母說什麼也不肯四處走動，接受兒輩供養，她是根結已深的老樹，只願汲取一方鄉間土地的養分，便滿足了。叔嬸們只好兩地奔波，侍瓜奉果略盡孝心，老祖母衣食無缺，也無病痛。厝邊隔壁的人對你說過：「人講第三女兒吃命，你阿嬤真實有福氣。」可是，祖母終日無語呆坐的情況，益加嚴重，人也日漸削瘦，父親和叔嬸試過許多辦法，卻是誰也無能把她自憂傷的往事桎梏中，救贖出來！

你多麼希望，祖母能像替她遮蔭的老芒果樹一般，雖然沉默，卻永不枯萎。

這個心願，你偷偷的把它帶到國外。流浪的你，追隨著工程的腳步，踏向天方夜譚的國度。阿拉伯荒漠裡，風塵煙漫，依舊遮不斷親人容顏的懸念，你打國際長途回去，向父母堅持請祖母接聽電話，知道她重聽，一聲聲「阿嬤」你叫得撕心裂肺！而話筒一端斷續傳來的語意嗓音，彷彿風前搖曳的燭火，迷昧悠惚。然後你聽到一句清楚卻不相干的話：「真遠喔！坐火車愛歸了工！」

只一剎那，月台送君執旗攜子的淒涼，灼灼燒至眼前，那是你永不敢碰觸的，祖母記憶最深處的痛！真是好遠，你的世界和祖母的世界。

那年，祖母八十八歲。

那年的老芒果樹不開花，沒結子。祖母和往常一樣，晚飯過後就回到床鋪躺著，父母臨睡前也照例去探望，卻意外聽得祖母的呼息，均勻而綿長，顏面上一道道紋路，讓唇邊一朵甜蜜的淺笑，牽引得更深，這一張歲月鏤刻的臉呵，如此深情——你的父母後來說：「也不知怎麼？彼晚看啊看，兩個人就站在那裡流目屎！」

一封電報，召你急飛萬里雲煙，已是陰陽兩岸，隔河相望淚眼。你千呼萬喚，依舊阻不住一塚一碑，在祖與孫之間，立下生死界址。

芒果樹下，只剩舊藤椅在那兒收集斑駁落葉，故事！故事呢？

三小姐和抓青蛙的李阿土，生下一個胖娃娃。

這小貝比刁蠻得很，才生下來就哭個不停，又哄又抱得弄得大家全慌了手腳，那個小氣大財主只好把孩子捧到手上，走過來搖過去……什麼？對啦！總是父女嘛，當然會講和的，別插嘴。後來，這財主員外走到門邊，把門上鐵鐶敲響，怎麼響？「噹！噹噹！」呀，那時候沒有電鈴啦！說也奇怪，這小孩一聽，竟然就不哭了！

大財主靈機一動，就為這個貝比取了個名字：「李門鐶」。不好聽？別傻了，有一大甕銀元呢！啊？可能有好幾十萬不止。當然，換一部新轎車還有剩，超級戰艦？聖戰士？買那些東西有什麼好？

對！對！交給老師也可以。刷牙了沒？明天的書包都準備好了嗎？OK，晚安！

祖母的夢

雖然在多年後，你才能以床邊故事的方式，接續這一則湮遠的鄉土傳奇，可是你的孩子顯然無法了解，卑微世代裡，曾經多少人如此期冀宿命垂憐，做這麼一次慈悲的轉圜！他認為撿到東西，不能據為己有，你必須尊重他的道德標準，卻讓故事的結局，變得可笑。

只為不曾經歷些許困境，你在孩子狐疑的眼中，尋不著你當年怦然心動的神采，這些大時代的寵兒，才一出生，迎接他們的又豈止是區區一甕銀元的財富？你要如何把祖母一生的夢，說得分明？

把冷氣機調整到睡眠控制，讓孩子舒眉深睡的垂睫，點塵不驚。你走到公寓陽台，大都會的高樓巨廈櫛比並峙，燈輝影燦，輾夜的輪聲轟隆隆震響荒天，屬於繁華市街特有的溫熱塵沙，撲面而來，綺媚的霓燈虹彩，旋閃不歇，正在你眼前鋪展出一個不夜城的太平盛世。

這般美夢成真的時代呵！祖母幽微的容顏和孩子幸福明亮的臉，此刻交相疊現，你的心，你的心竟是微微，微微酸疼起來。

女兒經

知性和理性，是人世洪爐焙煉出來的萬應靈丹。

所謂圓滑世故的人，都知曉如何預留安全界址，並且築一道牆籬，僅供雞犬相聞之用。若不懂關懷止於互不干擾，冷淡而不必疏離的道理，越了界，便是一場無明的糾葛。

這樣的人情鐵律不容置辯，那些逞強不肯服藥的熱血男女，大都在碰撞之後已啞口無言。我們只要想想兩種動物，那是最好的舉例說明，一種在地上爬，一種在水裡游的刺蝟和鬥魚。

刺蝟渾身尖刺，像多稜角的個性，再怕冷也沒法子依偎取暖，鬥魚則愛劃定疆界，無容他魚之量，褊狹昏昧的在小圈圈裡，爭個你死我活。

當然，也有人性孤高的代表性動物，鷹！以烈烈天風梳理羽翼，寒木冰巖築巢棲身。

獨自翱翔九霄風雲之上，一雙銳眼，冷看莽莽蒼生一動一靜，在那兒爭名逐利。有這種獸性的人，通常都出家修道拜佛唸經去了。

不出家，則因未了塵緣尚有諸多牽纏，只好唸柴米油鹽的另一本經。

對不起，好像扯遠了，我原本想引出一種感情，一種可以全然不必防備的人際關係，卻期期艾艾的說不出口。因為那是小小的，私心的，藏在殼子裡的蝸牛記事。

我家那本墨香未褪的新版女兒經。

綿羊篇

這個父親讀過《裸猿》，看過綠色司迪麥的都市叢林廣告，而且自小牽牛吃草，看著田裡叔伯姨嬸們，和牛一樣滾一身泥巴，難免固執得把人擬獸化了。

初初一眼，小女兒躲在保溫箱裡，睡得好沉，偶爾打個大哈欠，掙得小臉紅通通的，一扭頭又安靜睡下。不吵不鬧不哭不叫，這樣的姑娘可少見，總要取個乖巧溫馴的名字才搭配，第一個念頭是小綿羊有一身柔軟的衣裳，擷字取義，「衣柔」再恰當不過了，順便小名「柔柔」也定了案，軟軟溜溜的喊在嘴裡，都快化了。

隔音防塵無菌的育嬰室外，透過玻璃，望向排列齊整的小羊羔，只覺得生命裡，有著許多不可思議的神祕。歲月傳承，盡管創造生命的便是生命本身，而天荒地老，孩子卻是悠悠萬古中一片抽長的新綠，點點新綠替換蒼黃舊葉，生機綿延不絕。這項薪傳的行動，我不但親身參與，而且有了具體的成果……倚著窗口想癡了，「偉大」的感覺排山倒海而來，簡直要把我淹糊塗了。

單就那歡喜的心頭巨浪，我已疼她七分。等到有一天，護士小姐抱來小綿羊，交由家屬驗明正身時，才發現除了鵝蛋臉得自母親遺傳外，嘴唇的形狀像我，手掌腳趾也像我，漂亮的雙眼皮還是像我。這三項加進去，我接受了疼她十足的事實。

陪產假期滿，回到工地，中部山城和南國港都相距不到兩百公里，飄泊慣了的我，竟然又有了天涯的惋嘆。思茲念茲，都隔了雲煙。長途電話裡，偶爾聽到宏量的嬰啼，便堅持要她母親快快抱來孩子，讓孩子接聽電話，雖然效果不彰，每次還是那幾句話：「衣柔，柔柔，乖。妳是小綿羊呢，別哭，喔——。」軟腔軟調，充滿人父繾綣餘韻，在一旁等著打電話的同事不解風情，居然向我做出撿拾雞皮疙瘩的表情和動作，咄！

終於有一次把那哭聲哄停了，我萬般得意的向孩子的媽表功，父女情深嘛不是？稚嫩的小心靈，也能體會父親遙遙關愛之意，話筒那端有些支吾，暗示我孩子剛滿月，大概還聽不懂愛不愛的問題，而且……她才剛剛把奶嘴塞進了一張哇哇大哭的小嘴巴裡。

好像從那一次開始，我就不怎麼在電話裡哄小綿羊了。

歲月和路程，把人的感情折磨得遲鈍而蒼老，對小女兒的無悔無怨，猛然驚覺自己塵封已久，那根纖細的弦，又叮叮咚咚響起，生命旋律的節奏，彷彿逐漸輕暢起來。

這是第一課要說的：愛是生命的活泉。

蟒蛇篇

有一種攝影方式，固定間隔幾小時拍一張底片，叫作曠時攝影。收集來的底片以正常速度放映時，我們就可以看到一朵花，由含苞、伸瓣、吐蕊到盛放姿顏的全部過程。

半個月休一次假，見一次面，小女兒成長的速度和變化，對我而言，就像曠時攝影，每次都能有所發現，咦？會拿奶瓶了？哎呀！長出小門牙啦！快來快來，柔柔會翻身子了耶，可是翻不回來。一個驚嘆號，便是一個新大陸，我是生命大海裡最笨拙的哥倫布。

她母親在一旁冷笑，眼中表明了什麼叫做少見多怪。

說來難怪！八年前，第一個男孩還在肚子裡，我出國，是她母子倆相伴著長大。回國時男孩子三歲多，世上只有媽媽好，對這個沒啥交情的老爸絲毫不假顏色。還記得第一次見面，伸手要抱他上樓梯時，這孩子大剌剌的回答：「不用，我已經長大了。」然後，我又發現他母親跟他說話的嗓門，竟然可以這麼溫柔甜膩，好像結婚前熱戀期間，她母親也不曾用這種聲調哄過我一次半次。

教養孩子，培育孩子的戲，她們母子兩人關起門來演，孩子的媽說：「你很像在一旁笑歪嘴的觀眾，不過，你算是買了票。」

這話很帶了些刺！偏是工程人員的職業，早已注定流浪的命運，說過怨過也就過了。可也提醒我，這一回，我必須當個最入戲的角色，才好交代。因此，每一次返家，我絕對全心投入，哭了換尿布，餓了泡牛奶，噓寒問暖，添衣蓋被，守著歲月守著小娃，看著她七坐八爬九發牙，一寸寸段落分明的成長過程。

然後，我學到了第二課的教訓：莫要驟下斷語。判斷，必須經由細心觀察和深入了解。

取名「衣柔」，算來是我看走了眼，她一點都不像小綿羊的樣子。

起初是大她七歲的哥哥打小報告：「爸爸，衣柔好會纏人，都要媽媽抱著才肯睡。」她母親朝我喊過幾次腰酸，直說肖蛇的女娃難伺候，不忘略帶幽怨的帶一句：「像你這屬馬的老爸，一跑就是天邊海角。」

說者千真萬確，聽者半信半疑，總認為孩子愛膩人，算也是正常，何必大驚小怪？後來，我終於嚐到滋味了。有次半夜，正在荒莽夢境裡和大蟒蛇博鬥，像停格的電影鏡頭，我緊抓蛇頭，蛇身則一圈圈繞纏住我。只覺得胸口沉甸甸的好不難過。醒來果真身上趴著我的小龍女，睡得又香又甜，渾不管無辜的老爹在噩夢中九死一生。

也真難為了她，睡得迷迷糊糊的，居然還能從小床舖下來，再翻上大床舖，又四平八穩的攀附在睡得像根木頭的老爸身上，若說肖蛇便有蛇性，誰曰不宜？

若蛇吞象，給人一種貪吃的感覺，小女兒這方面的天性，也顯露得早。牙齒還未長齊全呢，啃雞翅膀時誰都搶不贏她。晚餐上桌，她母親喊一聲：「吃飯囉！」跑得最快的就是她，帶著她的小椅子墊腳，爬上大椅子坐好，等在那兒。

那吃相，也就甭說了。值得一提的是這小娃也喝咖啡，苦得皺眉咋舌了還喝，害得這愛喝咖啡的老爸，沖泡時不免要多加點糖和奶精，以防她什麼時候，堅持非品嚐幾口不可。因為這事，她母親罵過幾次了：「先學喝咖啡，隔陣子大概要學抽菸了，什麼老爸！壞習慣一大堆。」女人家就愛借題發揮，小女娃掏我口袋拿菸時，哪一次不是硬往我嘴裡塞的？

蛇，美其名曰：「小龍」。家居素樸，一向淡靜如春水，卻因為這條小龍的興風作浪，成就一屋子熱鬧繁華。

虎豹篇

秋去冬來，歲月如流，轉眼又是一年芳草綠。

小衣柔滿滿一歲半了，果然聰明靈慧，可惜就是不學人話。手勢、姿態、音階高低等，雖說應用得繁複而精準，終究未脫獸類訊息傳遞的模式。

我並不擔心，至少家庭成員的身分，她從未叫錯。媽媽和哥哥她天天叫，爸爸兩字就不怎麼順溜了。

過年時，回鄉下老家，和許多阿姨姑姑們見面，她們異口同聲讚嘆：「哎喲！『ㄇㄟ

ㄇㄟ』好漂亮。」

這話不假，可以當真，仔細瞧瞧，唇不抹而紅，頰不敷而白，加上一套小洋裝，果然是天生麗質的美人胚子。有那更會講話的，順口帶一句：「跟媽媽一樣漂亮。」她母親就會挺高興的辯駁一番之後全盤接受。其實，哎！這女娃手足眼眸哪點不像我？她們就看不出！

連脾氣也像我，這點，孩子的祖父母可以證明，不過評語沒經過修飾，教人有些不好承認：「虎豹母！」

虎豹育子時，基於保護幼獸的本能，會顯得特別兇猛，鄉下人說話就是這麼直接而具象。老媽受託照顧孫女，三天之後，筋疲力盡的如此埋怨：「你這個囝仔赤北北！講攏抹翻車……」

言下之意，好像我是馴獸師似的。

小女子的潑辣，往往讓她哥哥這文弱書生難以消受。通常是妹妹嘰哩咕嚕的罵人，而哥哥大聲求救：「爸，衣柔鉛筆不肯還我。」放下倚天劍，丟掉屠龍刀，書房裡的馴獸師急急馳援，便可見到這樣動人的場面——一枝鉛筆，小的兩隻手，拉得身子都歪了，大的一隻手，勉強支撐平衡點，不敢放手，一放手傻丫頭非四腳朝天不可。

這是必須反覆練習的第三課：如何把一場爭執，處理得公正嚴明，不偏不頗。

順著毛摸就是，此乃馴獸不二法門。抱起來丫頭，向男孩說：「來，放手，孔融要讓梨了。」接著以商量的口吻，輕輕朝小人兒耳邊吹氣：「柔柔，好乖，喔——哥哥要寫字，筆給哥哥，爸爸跟柔柔去玩躲貓貓。」一則疊字軟軟說來，有催眠作用，二來捉迷藏是她最瘋的遊戲。如此這般物歸原主，我躲到門後，繼續看我的武俠小說。

等到搜索者發出叫喚聲，還可以看一頁，當尖厲呼喊慢慢轉成小虎小豹般低沉嗚咽時，最好馬上出現！狠心再等下去，就得面對一張含淚的笑臉，驚心動魄飛撲入懷。

試過在最後一刻，演一齣重逢的悲喜劇。小女兒一邊嚎啕大哭，一邊摟緊脖子，再不肯放手。父子親情，天倫綱常，彷彿在那遍尋不著的一剎那，已歷千百劫，驀然回首，依稀前世今生，泉湧的淚水，便是小小淺潭雙瞳，承載不住的碎斷肝腸。

皇天后土，一載一覆，母者豐潤渾厚，哺她育她以仙露甘泉，而我是這剔透小人兒頭上一片天，以日月星輝，指引她嬉遊探索的成長路途。細細端詳這張鼻涕眼淚混沌初開的小臉，不禁覺得自己是個曠世未有的富豪。

只要丫頭仰望的眼神裡，有著信賴和依附，我就願是一方永遠薰風暖日的藍天。

跟這樣的可人兒相處，也不是完全不起爭執。

睡覺時她最嚕囌了，鋪床疊被之後，再奉上牛奶一瓶，她拍拍枕頭，要我躺下來陪她，我也順從了。喝完牛奶，空奶瓶遞給我時，居然還銜著我粲亮亮的舒眉一笑，氣人哪！這種騙牛奶喝的手段。

只好坐起來，溫柔拍背，輕唱兒歌，哄著哄著，夜已深得連貓都睏了，青蛙也不叫了，天地之間，只剩下我瘖啞的單音和一個定定瞅著我的小精靈，還僵持不下！當我不小心唱到「一隻哈巴狗，汪汪。」這丫頭一骨碌翻身而起，興奮的指著床頭音響，她聽慣的那捲錄音帶裡頭有這麼一首〈哈巴狗〉，伊伊哦哦堅持要我播放音樂。她——要——聽！

蝸牛角上的戰爭因之而起，我捺住撒潑的女娃打屁股，她回以不肯干休的決堤大哭，吵醒了她一旁熟睡的母親，涼著一張臉，我走出臥室。妻的話語輕柔如風，這一場戰後煙硝，就交給風吹散吧！

然後，孤獨的，我在書房燈下沉思。小兒女情真理足，不懂半分虛矯世故，以成人世界的規矩，圈住框起婉轉童心，會不會太過？丫頭烈性刁潑，正因其自足圓滿的真性情，不容絲毫斲喪扭曲，我是該欣賞？還是該心疼？這份知性和理性掩蓋下，逐漸少有的果敢與擔當？

妻在臥室喊我：「衣柔要找你。」一劫後相見，孩子淚痕未乾，伸臂索抱，是風是雨，都已波濤止息，孩子就是這麼教人不起恨意。

陽台上小立片刻，幽幽夜涼，吹得人心和氣平，丫頭倚著肩睡沉了，小心臟在我胸膛上踩正步，一、二、一、二，偶一抽噎，便些微岔了腳步，唉！

把一本女兒經，反反覆覆的用了許多文字記述，只有一個最動聽的音節，我無法傳神描繪，那是拔高尾音的一聲脆亮鶯啼：「ㄅㄚˇ˙ㄅㄚ！」

對不起，我女兒又叫我了。

故事

曾經卑微而知命的世代裡，老人的口，孩童的耳，流動著這樣的一則傳說。

潛藏入歲月深處的甕銀，在被人遺忘的某個角落，悄悄吸取山川靈氣、日月菁華，歷經漫長的修練過程之後，終能幻化為一隻白色的兔子，出現在淒迷的月影竹林中，開始尋覓它的主人。

只有好心腸的孝子。才有福緣得到它，然後，就像童話的結局一樣：從此過著幸福快樂的日子。

祖母的雕像

蘆茫幡飛若雪，自山麓鋪伸上來，一群孤靜的灰鴿，順著細冷的風向翻越山巔，消逝無蹤。

掃墓的人潮，散聚在羅列的碑石前。蔓草揠拔清楚，酒食牲醴擺設分明，冥紙於突起的火焰中旋滾掙扎，三炷馨香嬝娜——多少情牽愛怨，俱在眼前灰飛煙滅！

墓土草色猶新，阿嬤！妳最疼惜的長孫，方自大漠歸來，竟然和妳如此重逢，長跪淚眼，遲遲只能滋潤膝前石縫那匍匐的青草了。阿嬤，一塚一碑，果真判定生死界址，讓我倆少年白髮各立陰陽兩岸，互喚相呼而不聞嗎？

該怪我，阿嬤！說過一遍遍不得不流浪的理由，妳總是無言俯首，只上次別離，執手相看不忍，是不是妳已預知，那將是妳我塵世最後一眼的纏綿，而孫兒卻依然奔赴妳從未可知的天涯？

其實不曾相忘，妳的眼神和手溫。

且休說骨肉人倫的牽繫，我的童年，就是沿著妳蒲扇搖動的方向生長。曬穀埕上追逐嬉戲的小小身影，終究會依偎入妳的懷中，讓妳把露珠和汗水搧成涼夜，再膩著妳講故事。癡癡纏纏的，分妳一半竹椅，肩背恰可枕著妳腰腿的暖意。妳枯乾的手勢在我胸前比劃，仰頭聽妳瘖啞遙遠的語音，恍若七月流螢般，飄忽而迷離。逐離低垂的眉眼，每每只聽半截故事，就把夜給睡闌珊了。

可是，我知道，那是我仲夏夜裡最滿足的夢。孝順的孩子跟著小白兔，跳過溝渠、籬笆、田埂，終於追到竹林深處。小白兔朝地上一鑽就不見了，那孩子掘地三尺，發現一個泥塵斑駁的古甕……。

「一整甕哪！一整甕滿滿的龍銀！」說這話時，妳熱切的眼睛，閃動光采，像兩顆最亮的星星。

伴隨童稚的記憶，早已融入成長後飄浪者的血液。異國他鄉過盡雲煙，思慮卻漸深沉明白。農忙稍歇的夜聚裡，鄉談俚語所流動的傳說，一則則雲破月出。那是久困於生活苦難的子民，俯首垂淚後一個渺渺的夢：期冀宿命去破例安排一次圓滿。

只求，只求能衣食無慮而已。

守候溫飽兩字，竟把妳一生歲月都耗盡！阿嬤，芒果樹下，妳那寒冷荏弱的身軀，凝止的坐姿，依舊鮮明悲涼，是我童年至今，不褪傷心顏色的一座雕像。

父親的血痕

墓地返來，西邊天際已是一片日落殘陽的景色。

母親接過我手中沾惹著紙灰的祭品，自去廚房料理。灰鬢霜髮下是藹藹的慈顏，矮胖的背影裡傳來絮絮話語，盡是關心。山路好難走，肚子餓了吧？也不曉得早些回來，只因久別乍聚，便這般添多一份銷魂不捨。

「爸爸呢？」我說。村尾竹林鬱暗的姿勢，抱擁不住漸沉的夕日，麻雀成群在簷角樹影裡吱喳尋巢，小村落幾戶人家，還有炊煙欲斷若續。「關伊不住，巡田水去啦。」燒熱水的柴薪灶門，升騰著煙霧，母親的回答在空曠的屋裡迴迴盪盪。

做一個天涯行腳的過客，這崦嵫的家，只是我借駐的驛站。姊妹嫁作人婦，各攜兒女溯洄都市塵波，兄弟三個，竟無一人和執守鄉居的父母共數晨昏，一片水田和幾片紅瓦屋頂，就這樣圈住他們幾十年歲月的寂寞。

說過多少遍，搬到都市的公寓，讓媳婦有機會噓寒問暖，孫兒孫女也能聽一些湮遠的故鄉情事。父母把頭搖了又搖，鄉土根莖，說什麼也不肯再去攀爬兒女慣於踩踏的羅馬瓷磚。

我是雲的命運，早早脫離山軸。職業牽絆，隨著工程踏遍僻壤窮鄉，皤皤雙親兩鬢霜雪，是寒涼的浪子，最愛沉吟的他鄉月色，還不慣飄泊的心情啊，是不成眠的貓，長在最深的夜裡，恣意踩響夢的屋脊。

晚餐已上桌，夜幕垂下，老芒果樹裡的麻雀闔眼無聲，蛙鼓由遠處一路敲來。當星子擦亮眼睛，而月在東邊掛起銅鏡時，父親回來了

摘下斗笠，擺置好鋤頭，提一桶水到院裡沖洗手腳。父親是沉默的老人，枯瘦孑然的軀體，還固執負著生活的重量，不願讓兒女離巢，增添一絲的牽掛。也就是這份拙樸厚重，在「耕者有其田」時，把承租的一大片土地，還給苦苦哀求的地主，寧願由交租的佃農，轉為賣身的長工，以時間和汗珠重新去換取土地。

那時，祖母模糊的淚眼，看不透父親錚硬的傲骨，氣急鞭打的竹枝斷過幾回，父親都以年輕挺直的背脊一一領受。

餐桌上，父親用這樣的往事下飯，卻聽紅了母親的眼。深深的，看著母親頰上清淚，懷想著那些個迷亂惶急的長夜裡，媒油一燈如豆，母親該如何細審父親肩背上的血痕，而怨懟無盡磨難的歲月呢？

祖母呢？大戰末期的日本帝國，把金屬納入戰備物質管制，拆收了殖民地所有的門鐶窗櫺，手無寸鐵的女子，面對一群小眼大口的兒女，苦苦支撐門戶，可堪倚靠的丈夫，徵召至南洋當挑夫後下落不明。那一點點配給的米糧，加入大量撿拾的地瓜熬成粥，卻怎麼也餵不飽整窩饑荒的臉孔。

「要怨誰嘆誰？」父親臉上微漾苦笑，皺紋該是宿命蝕刻的軌跡，這般鮮明的重疊著雨露風霜，父親說：「你阿嬤真正過怕了彼款生活。」

太陽旗遮斷日頭。陰鬱悲寒的世界裡，多的是慈親孝子顫顫相依，有誰見過那出現在月夜林徑下，雪色的狡兔？有誰能得溫飽？

天地不仁，萬物芻狗，他們是一群被造化唾棄的，最最溫馴的子民。

浪子的月光路

不忍聽那低調歲月的聲聲嘆息，晚餐過後，便又踏上這條魂夢牽縈的月光路。斜伸向鄰村的小徑，是給幾戶人家對外交通的唯一管道，鄰村有一間小學，遠了些的市鎮，才有初中高中，那大海漁船的南國港都彷彿已在天涯盡處。

循著牛車轍痕，赤足奔跑過六年的小學生活，初中時愛跳下腳踏車，為了追捕橫過小徑的大青蛙，而兩旁綠帳般的水稻，老是遮掩不住嘓嘓的嘰嘲聲。接著是懷抱吉他，和鄰村同樣高中生同樣青蘋果的一個女生，譜出一段羞澀的初愛旋律，所有化為雲煙的海誓山盟，都以這條小徑作見證。

無憂的青春年少，前輪旭日後輪斜陽，轟隆隆踩踏過韶華，竟是漸行漸遠，行行漸遠，到如今猛回頭，人寄山郵水驛處，一身羈旅風塵。

詩人有月釀鄉色酒，醉倒多少愁鄉客，我不懂詩不擅酒，只這兩旁禾田霧籠的月光路，他鄉夢中踏過千回百回，最是難堪。

原本的泥濘土路，已經鋪上柏油，顯得平坦而乾淨，卻仍窄仄的不容兩部小轎車錯車。

那是小村遷居的子弟，偶爾開回來的榮華富貴。而久處市囂的那份漫不經心，常使一來一往的兩車，僵在路中央。

總算還有黑羊白羊過獨木橋的厚道，一方艱辛的倒車，另一方則熱誠的大聲指揮。遇到這樣的場面是要挨罵的，村尾的小叔公就曾數落過我：「阮一世人看人駛這條牛車路，攏未相碰，你少年郎目睭放在哪？」

該是因緣於骨血相連，世代彼此照拂的深情，才能讓那一輛輛滿載穀包的牛車，農忙時還能來去無礙。以四輪替代腳掌，誇口跋涉千里萬里，唯獨這條小路，在那一刻，竟走得我滿面羞慚。從此，自鄰村轉折處一出現，我學會了按著喇叭，來追回那一聲，曾經響徹秋黃野地的吆喝：「喂——牛車——來囉！」

月華漸滿，小路的柏油映出冷冷的青光，彷彿一彎無情東流水，前塵舊事消融無跡，再難回頭，難回頭。

今夜鄉居眠床未掃，我仍需回去霓虹深處的那個家，回轉身，小路盡頭的竹林下有人影悄然佇立，是爸或媽要催我回去了嗎？

月光下相迎的眉眸漸次分明，是小叔公，守住村尾小屋歲月的孤獨老人，村人從小路回家時，總不忘給他一把新摘菜蔬瓜果，而獨眼柱杖的他，也忠實的巡視監管村裡那些玩野了的孩子。

小孩子是真的怕他，只要他告狀後，一定免不了父母一頓打罵，他那沙啞呼喝的嗓音像一場夢魘，在童年歡樂無拘的行為裡，規定出許多禁忌條文。他在，玩火戲水攀樹摘果的事沒個孩子敢做，心虛的孩子見了他就跑得無蹤影。

偏偏他記牢了每個孩子的名字。

慢慢懂得感激這個逐年蒼老的守護神，迎面打了聲招呼，感覺他的「嗯！」裡有幾分憤怒，果然，第一句話便是巨石入水：「阿文仔，你阿嬤過逝時拵你哪沒返來？」

「彼拵我在阿拉伯。」沙烏地也是小叔公不能理解的天涯，小叔公未娶，是阿嬤照顧他一生一世，不願如母的長嫂留下絲毫遺憾，他的心情我能明白，但我如何解釋那一萬一千公里的空間距離，難飛難越的苦楚？他眼裡口中強橫執拗的不孝，我含悲無言接落。

蛙聲蟲吟應和著小叔公的控訴，如怨如泣，月光田野薄霧層湧若潮，溢盪我起伏的心思。童年玩伴早已風流雲散，各在天邊海角安身立命，留下鄉閭父老固守瓦房土厝，任孤獨自去凋盡無多的歲月。生離時一疊聲無可奈何，而死別！是不是只剩下一場及時或不及時趕上的慟哭而已？

未曾經歷祖母在戰火離亂下，弱女子只能認命的沉痛；也僅略懂父親失怙時，撐持一個家的難處，飄泊所見的紛沓流離，依舊塗掩不住小村落人事漸老的容顏。盡管這般的牽掛懸念，幾度摧肝斷腸，也只換取歸來相詢相問時，答一聲「安好」罷了。

小叔公憤怒未消，堅持不肯進屋，便扶著勸著陪著讓他在屋前籐椅坐下，再傾聽他說一些荒荒歲月裡，曾經水煎火燎的創傷往事。早已風乾的記憶溫柔伸手，正牽引他入夢，等到他那喃喃的語音，化作嘆息般的均勻呼吸後，我才悄然起身。待會兒，母親會來照顧他入屋裡睡下。

輕風夜露，幽寒透衣，小叔公同樣一襲布扣寬袖的黑衫，凝坐成祖母生前守候的姿勢。回首月光小徑，正被斜移的竹影遮斷，透過枝葉的月光，灑落一地點滴瑩白，在竹林深處嬉戲奔逃，恍若一隻隻精靈幻化的小白兔，然則，小叔公是真睡沉了，任憑這宿命垂憐的天機，在眼前輕輕錯過！

或者，那則傳說，那一甕甕銀元的傳說，就是以這樣惡作劇的方式，來安慰拙樸的世情人心嗎？

心愛的兔子睡著了

心路轉折處，停車熄火，萬籟霎時俱寂，心情和月華一般清冷。牽腸不忍只合在輕霧的夜色裡回頭，父母相送到村尾竹林的人影已杳，叮嚀聲細碎仍在耳畔：「就快又要出國了，多回來走走，帶阿孫仔回來……」

母親的溺疼難割捨，照例惹來父親搖頭訕笑：「妳袂曉拿繩子綁著。」多少回聚散，愛流淚的母親聽慣了這句話，也明白一窩雛雁，羽翼豐滿紛紛離巢的事實，心，還是要酸的。

父親是英雄，從不肯承認兒女情長。只他燒得一手好菜，喜歡在家人難得團聚時下廚，並且記住每個人愛吃的口味。我不曉得我為什麼會愛吃麻油酒雞，而父親卻固執的這麼認定，每次一提到我小時候偷吃麻油酒雞，吃醉了的樣子，總笑出一臉深深的皺紋。到後來竟也吃慣了。在那段大漠荒煙的日子裡，麻油酒雞成了我最嚮往的滋味，可蘭經的國度中，市街巷道幾番流連，我覓不著酒來煮一碗濃濃的鄉愁。

小村枕著高屏溪的堤岸，安穩酣睡，竹林掩映一角紅磚瓦房，那是浪子的家啊，家。

而一帶溪流水聲幽咽，靜夜聽來，倍覺酸苦。回去吧！回去那燈輝影燦的另一個家，莫讓妻與子倚門盼歸。

車子終於溶入夜街流幻的燈影呼嘯中，並且熟練的曲折穿梭，車窗兩旁的風景，快速交替互換，像一張張霎眼即逝的幻燈片。返國休假期間，貪心的拾取這些畫面，以膠卷相機折疊成冊，收入行囊，要待得重履大漠時，再細心翻撿。

如此貼入故鄉人情山水，可能暫時安慰如渴的鄉情，而一個注定流浪的人，面對歲月無情遞嬗，只好任它刻劃痕跡，在生命版上，或深或淺。

說是由它，是真的由它，誰不能適應呢？前二十年，我把根紮在老家芒果樹站立的土地上，還是黃土椿成的曬穀埕邊，有一口井，我聽著浣衣的姨嬸們溫柔的話語，乖乖的成長。後十年，井已填實打平，我攀爬在都會煙塵的根莖，還有些許剝離的苦楚。然則環境急遽變動的奔忙腳步裡，竟是讓人無暇駐足去感覺心裡的痛，習慣了肯德基和麥當勞的快速餵食，這一代受宿命恩寵的子民，從此無須以汗水去滋養禾苗，也能衣溫食飽。

夜市人潮熙攘，溫熱的空氣中充塞各種食物的香味，搖上車窗，挨擠過這一片熠熠沸沸的太平盛世，家，就在那條彷彿霎時清寂的巷弄盡頭。

通過對講機，稚嫩的童音在確定盤查清楚後，用一聲歡呼按開公寓大門，接著三樓的鐵門木門層層開啟，孩子就站在陽台燈光下，暖暖的等著我說謝謝。

我說了，孩子也回答了，那是一句「不客氣」，他新學的大鳥ABC裡頭，錄音帶式的字正腔圓。「幹嘛這麼晚了還不睡？」我說。主臥室深鎖的門窗，把夜街流漾的風姿摒在玻璃外面，冷氣機正嗡嗡的為女主人製造一個涼夜。「媽早睡了，我要等你回來。」孩子說：「等你回來打坦克大決戰。」

這孩子是孝順的，才五歲的年紀，已懂得把他最心愛的東西和父母一起分享，電視遊樂器是任他徜徉操縱的天堂，在那螢光幕閃動的廝殺過程裡，他可以從容救援手忙腳亂的父親，也是一種好心腸。

一客牛排的承諾，消除孩子期盼落空的沮喪，勾過指頭後，抱著史努比，滿意的躺在小床鋪上，然後，輕聲而堅定的央求：「爸爸，你還沒講故事。」

這是孩子入睡前的慣例，我沒有理由拒絕。先把床頭燈調整得像月光般柔美，再告訴他，故事裡的主角是個又乖又聽話的孩子，和他一樣有副善良心腸，可是聽這故事的人，必須閉上眼睛才能夠聽得明白，因為這個故事實在太老了，只能輕輕的，慢慢的說，才不會把故事嚇跑。

孩子順從的垂下眼簾，廊下那串風鈴，叮咚聲清細空靈，恍若隔世湮遠傳來的訊息，窗外夜色，漸深如墨。

「很早很早以前，一大群壞人跟好人打仗，好人打輸了，結果，所有的東西都被壞人拿走，那些好人就沒有飯吃，沒有衣服穿，很可憐吧？壞人搶了很多錢，就裝在甕裡埋起來，可是，因為埋得太久，連壞人都忘記他們埋在什麼地方了，到現在還沒找到，你猜猜，那些錢跑到哪裡去呢？告訴你，它們變成一隻隻小白兔，你知道為什麼嗎？……」

孩子鼻息細細，沒有回答。舒眉深睡的夢土上，點塵不驚。

起身推開窗戶，靜聽輾夜遲歸的輪聲，穿透黯沉荒天由遠而近而遠。望月，月呢？月涼著一張白臉攀住高樓一角，覷著這寒冷的煙火人間，兔子在哪裡？

也是半截故事，傳說就睡著了，我最心疼的小兔子正微微露出兩顆無辜的小門牙，歡然一笑。

祖母一生，冀望能夠得到一甕銀元，來緩和生活逼人的辛酸，卻忽略了父親，父親才是她的兔子，和她一起嚼嚐歲月苦澀的青草。

我是長腿善跑的兔，在傳統和現代的歧路上流浪，父母守住窩，從無怨求。第四代的兔子，開始被圈養在冷氣空調的都市牢籠裡，偶爾以漢堡牛排餵食，皮毛光鮮滑亮，養嬌了的腳掌，不能也不必再去親炙泥土的溫度。

這一則傳說，便是這樣子湮沒入大時代的洪流中。

生命璧還大地，散佚的斷簡殘篇散入歷史塵煙，都是必然的結局，只在使用文字記錄的過程裡，還留幾分不忍罷了！

是為記。

生死悲歡

人啊！必須承受多少塵世不盡牽腸的熬煉？多少血肉病苦消磨的激楚之後，才肯甘心面對因緣的了散，而——瞑目釋手！

一張活生生的臉

她溫柔婉約，容顏秀麗，春水眼波淡翳著一抹寂寂冷霧，長髮隨便挽成高髻，亮出一截粉白的頸項。她是一個命薄福薄的女子，削窄的肩背，正馬犬負著無盡人世寒涼。

三十歲，有兩個可愛的女兒，五歲和七歲，只在提到她兩個女兒時，她臉上才會浮起笑容，當她打完電話，回到病床邊，會俯身向她先生說：「你知道阿娟怎麼說嗎？」然後學著小女兒嬌癡童腔說：「爸爸！你要認真的自己呼吸，趕快好起來帶阿娟去玩。」她先生露齒微笑，眼睛亮亮的。整個病房裡，散發著淡渺的幸福氣氛！

女兒和丈夫，是她一生的夢和愛。

如今，女兒寄養親戚簷下，寒來餓時喊的是叔叔嬸嬸的垂憐！而丈夫，原該疼她惜她的丈夫，頸部以下全無知覺，肺功能已喪失；氣切後軟管接上呼吸器，長期癱瘓導致手腳身軀枯瘦蜷曲；脈搏增壓的點滴逐漸找不到下針處。他是活著的，卻僅活著一張臉，一張健康而絕望的臉！

整整一年，她守在病床邊，替她丈夫拍痰洗澡翻身按摩，重複的工作，單調得教人萬念俱灰。你聽到她偶爾的嘆息，酸疼入骨的一聲輕吁，那眸中的冷霧瞬時凝聚成潭！她總是一仰頭，深深的喘口氣，不教溢盪的淚潭決堤。

有一次，她小女兒病了，發著高燒，大女兒哭著在電話裡叫她回去。她沉默的回到病床邊伏桌飲泣，由強忍嗚咽漸轉哭號，最後在慘厲的尖銳哭聲中怨毒的叫著：「你為什麼不死了算了！你死了女兒至少還有個媽，哪像現在，兩個女兒沒人疼沒人要……」護士和鄰床病人的女性家屬，全圍過去軟言安慰，陪著紅眼。而那張臉——那張臉神色黯淡，抿唇抽噎眨眼掉淚，因喉部氣切而無法出聲的嘴，終於無言嚎泣。你替他拭淚，卻怎麼也圍堵不住悲湧的哭河！

那夜出奇的平靜，再沒聽到他平常圈舌答答呼喚妻子的聲音。你半夜醒來審視父親的情況，卻見他睜大著眼，眼裡浸漬著一個難解的謎！隔天，他拒絕進食，闔眼摒棄全世界的關懷和勸解，一直到醫師強插入鼻胃管，以流質的食物灌餵，才挽回他步步邁向死亡的決心！

在陪伴父親幾個月來，你看到他們又恢復正常而淡漠的相處形式，也知道他在一次致命的脊椎骨刺手術中，不慎傷及中樞神經！一個年輕甜蜜的家庭，從此落入命運惡意的擺弄裡！你永遠不明白的是造化弄人這場毒辣的遊戲，還要持續多久!?

與子偕老的噩夢

十年是多久？

一個剛出生的嬰兒，十年後可以騎著腳踏車上學；可以把俄羅斯方塊疊到四萬多分，當然也可以是一個小小的鋼琴演奏家，從原來渾然未知的小腦袋裡，已經可以挖掘出許多稀奇古怪的人生解答。

十年讓勤奮的人積蓄一筆小財富；十年讓莘莘學子成為授道解惑的師者，十年繁花自開，江海自流，不管幾度潮起潮落花開花謝，這些變化，都是緣分命定，真真實實的人間世。

如果造化的一場惡毒遊戲，竟然維持十年呢!?

同樣的病例，集中在病房A區，大部分是氣切手術後以呼吸器維繫生命的患者。其中一個滿了十一年！一樣全身癱瘓，從六十歲起，只少他幾歲的老妻開始照顧他，十年來除了無數次的急救，重複的洗腎，永不癒合的褥瘡和附身不散的惡臭外，便是兩人一齊白了頭髮！你悽慘的察覺她們無望的等待，等待油盡燈枯；等待血肉磨盡後讓生命歸泥塵。沒有奇蹟！

她已無淚，疲倦枯槁的心靈連情緒的表達都已艱難。你為她搖頭嘆息，說她辛苦，她拙拙淡淡的回答：「前世人欠伊，我這條命隨便伊要拖磨多久……攏沒要緊。」

果真前世積欠的恩怨，如此山高海深嗎？我不懂！老與病交揉磨損他那無知無感的軀體，為什麼他仍不肯闔眼放手？圓睜的眼睛，閃動一絲生命跡象的微光，恨和愛都幽渺難尋了！她也不肯放手，為了他那會定定瞪視著她的這雙眼睛，便甘心讓人世黃昏零落成苦雨悲風的景致。

她們的兒女事業有成，偶爾來到醫院探望，談起投資金額，皆以千萬計。如此豪富，原有餘裕雇用專業看護來照應老父老母，可是她不願意！你不便深究緣由何在，是生性儉嗇？兒女無情？還是她已存心在惡毒造化之前，悍然的以蒼老歲月，去印證一個與子偕老的傳奇？

看著她垂落絲絲白髮，彎腰搬弄撫揉著丈夫朽腐的身軀，你狠心旁顧……不肯讓那欲待嚎啕的衝動，裂喉而出！

帶著丈夫散步的母親

歸諸天地不仁，造化如砧，把蒼生當芻狗的宿命論，她嗤之以鼻：「天公伯仔才一個，哪管得了千千萬萬人的甘苦病痛？」她不屑的說：「像阮尪，今日遇上這種代誌，怪伊自己！喝得醉貓一樣，三更半暝去撞人家停在路邊的卡車，沒去賠人卡車鈑金算伊狗屎運……。」

她健康爽朗，粲亮語音帶著年輕女子特有的潑辣和擔當，彷彿世途盡管風雨詭譎，亂溼了她那蓬髮短髮，只甩甩頭摔落水珠，便可教髮梢再次飛揚。你有點分不清是她到底堅強呢？還是無知！病歷表上她先生的年齡寫著二十八歲，她也只不過二十四歲，來自僻遠的南部鄉村，拙樸率性，又能勘透多少世情艱難？看不出她焦急傷心，是不是新婚方一年的小夫妻，還來不及培養同生共死的繾綣深情？

從搬入父親左側床位起，三個月來，她丈夫自一個深度昏迷的活死人逐項復原。右臂、左腳，骨折的石膏首先拆封，肺功能恢復，拔掉呼吸器，開始能以口進食，機械般做些簡單的動作。你不止一次讚嘆那看似孱弱卻極強韌的生命力，因為年輕，他的軀體正本能的排除橫阻眼前的一切障礙。「他有這個能力」，你告訴她鼓勵她。

她一邊嘩嘩的笑著，一邊教她丈夫數指頭。她喊：「一」，伸出食指後她鼓掌喝采，「二！」緩緩的，他遲疑的伸出食中兩指，獲得更多的掌聲，你陪著她一起歡呼，她說：「跟教幼囝仔同款！這哪是阮尪？擱親像阮子咧！」四個月、五個月過去了，她會推過來輪椅，膩疼的親親丈夫的臉頰，溫柔的說：「來！媽媽帶你去散步。」帶著一疊衛生紙，隨時擦拭他垂滴的口涎，樓上樓下，醫院前後的庭園，一出去就是兩三個小時。回來後脆聲笑著報告：他會牽我的手了；會把我們的結婚戒指脫下又戴上，叫他擦口水也會拿起衛生紙了，可是，老擦上鼻子和眼睛⋯⋯。

六個月、七個月過去了！她丈夫還是只會那幾個簡單的動作，斜垂一邊的脖子仍無法挺直，因撞擊振盪而逸失的魂魄，也未尋回歸家的路途。你慢慢發覺，原本一個佻脫活躍的年輕女孩，推動丈夫輪椅的姿態，竟有幾分機械般的呆滯，她那滿不在乎的笑聲，漸漸，漸漸少了！

她從不在人前掉淚。即使你那次在醫院前庭的草地上，看見她雙手摀住了臉伏在輪椅上丈夫的膝頭，雙肩聳動；聽見了隱忍微細的啜泣聲，你駐足沉吟，最終只是中止了想陪她聊幾句的念頭，繞道離開。

繞道，離開，迎面而來人世寒涼霜雪，能拐個彎，總是好的。

淒涼朽蝕的不捨

有些事情尋來，則教人避無可避！譬如：當死亡追躡上歲月蹣跚的腳步，生命未完的章節，不得不圈上句點的時候。

他僅僅剩下一張寬鬆的皮膚，包住骨節凸楞的身軀，那樣怵目驚心的瘦！看見他，你才懂得「形銷骨立」的意象，原來如此鮮明可怖。

肺氣腫引起呼吸衰竭，腸胃嚴重潰損脹氣，進入加護病房兩個禮拜，在精密的現代醫療設備監視下，暫時逃出八十歲的這場劫數，轉入普通病房。喉部氣切的軟管尚未拿掉，他一樣不能出聲。孝順的子女請了看護人員日夜照料，企圖在萬死之間，尋覓一線生機。

他的情況極不穩定，但無損他意識思慮的清楚周詳。清醒時，他會要求紙筆，寫下一串人名和電話號碼，請護士聯絡。你看得出來他眷戀這個世界，割捨不下親情兒女，整個長期患者的這處病房，他的訪客最多，而子女溫柔爾雅，兒媳雍容端凝，往來親朋皆談吐文雅，自然流露書香望族特有的華貴氣韻。

通常他總是含笑聽著訪客娓娓勸慰的話語，手勢不敷使用時，紙筆成了他交談的工具，字句、眼意，說不盡淒淒挽留之心。剩下他獨處時，他幾乎馬上陷入深沉夢土中，眼角的淚痕，唇邊的淺笑，乏乏的訴說夢裡悲歡！

怒馬香車，鬢影衣香，一生得意便若一場淺淺的夢，易驚易醒！八十歲！回首富貴功名雲煙一般，唯盈耳錚錚聲中，韶華遠去！

放下如何？放不下又如何？

三度進入加護病房，無數次自死神牽扯的手掌中掙脫出來，只為了再看一眼一張張淒楚訣別的臉孔？

他渾然忘卻心肺復甦時的搥打；忘卻電擊時強力振盪而蹦縱的折磨，你幾次看他又活過來時，淒涼朽蝕的白臉上所散發的，疲倦而不捨的深情。

教人不忍！

生既無歡！死有何憾？何悲？

父親腦幹中風，纏綿病榻七個多月。醫院裡，你看盡取捨盡是艱難的這處角落，輾轉哀號的癡苦人心，竟得一字一嘆的：生！死！悲！歡！

推動搖籃的黑手

黑手，最簡單的解釋是：黑的，髒的，一雙沾滿油污泥垢的手。

這樣的一雙手，適不適合推動搖籃？它推得出母親那甜蜜溫柔的手勢嗎？讓搖籃裡的小天使睡得又香又甜？

黑手的女兒

如果小周的雷公性子能改，他老婆就不會負氣離家出走；如果不是小周一下子找不到保母，我們就不會知道，一雙雙莽悍的黑手，原來可以如此輕盈多情。

小周這個火爆浪子，給人全新印象，就是從那一天開始的——他把他那個才八個月大的小女娃，連同尿布奶粉搖籃一齊搬到修理廠。

修理廠是一般俗稱。我們的工作地點，正確的說法是動力機械修護場。隸屬一家大型土木工程公司。所以，機具從一百五十噸大吊車到手提輕便除草機，加上形式不同功能各異的工程車，全是我們管轄範圍，我們的任務是維持讓所有的機具能拖能推會跑會跳，俾以隨時追趕工程進度。

公司承標一座水壩工程，趁雨季未到，正如火如荼趕工。小周是修理廠鈑金烤漆部門的棟樑之材，成天裡大小榔頭敲得哐噹噹響，練就一身好肌肉和大嗓門，手中電焊和瓦斯也燒烤不停，多少沾惹幾分火氣，折疊鋼筋鐵板的技術一流，生活態度調適和夫妻相處之道，就好像一直沒搞好過。

他自卑，說自己書讀得不多，顯諸於外的卻是好勝心特強，豐富的鐵工經驗又恰可為他助威，因而當他指點別人工作訣竅的時候，頗有傲氣和驕氣。這個時代，士農工商，硬是誰也不服誰。他把「不得人緣」的壓力帶回家裡，碰上他老婆也是烈性子，又把氣給堵回來修理廠……他找我吐過幾次肚內苦水，我就勸他幾次那厲厲烈烈的個性，要改，要改！

現在好了。小周的女兒「鈴鈴」，和大夥兒混了幾天之後，掛名的乾爹已經數不清到底有幾個，拿來討她歡心的玩具熊音樂貓掛滿她搖籃四周。她醒著時，被擺進去一個大紙箱裡任爬任滾，旁邊自然有遊手好閒的摸魚族，混在那兒吹口哨裝鬼臉逗她。不看僧面看佛面，衝著這個小小的觀世音，小周行情大漲，心情大好，整日裡笑逐顏開，大概是平常冰雪敷多了，小周笑起來竟有春風初解凍的羞赧清喜哩！

鈴鈴睡下時，天地一片溫柔，小周的大嗓門半掩，夥伴吆喝聲放低了，引擎試車的發動聲轉慢了。連我這冷眉冷眼聲色不動的人，都難以抗拒鈴鈴低眉垂眸的小臉上舒散開來的嬌癡和無辜，更不用說其他熱血男子有多心疼了。只見搖籃上綁的那條長繩子，已教眾多黑手輕輕拉扯成髒兮兮的一截。是的，與冷硬機械為伍的一群修護人員，在油污汗泥的手未曾洗淨之前，並不適合直接碰觸搖籃，然則，透過一條繩子，還是可以牽出來一串軟軟柔柔的心！

一個禮拜後，鈴鈴完全適應煞車測試鐵錘撞擊等或尖銳或沉鬱的各類聲息，也習慣了叔伯乾爹們身上油味土味，那紅灩灩的小嘴更是一逗便笑了開來。第十天，鈴鈴的母親來到修理廠，以好幾包檳榔和啤酒，換回她這個黑手女兒。

她熱烈的和修理廠每個人招呼道謝，除了小周之外。

電視也好，報章雜誌也好，都把這一階層的人和維士比保力達P牽扯在一起，突顯筋肉和汗珠來塑造驃悍剛硬的形象。

而一個修護人員，其實也必須具備醫者的細膩和專注，車體內部外觀的整修調理，各有專攻的技藝，差只差，無法穿上那一襲教人豔羨的潔淨白衣罷了。

黑手綜合醫院

「神經劉」的綽號，並不是底下兄弟胡亂叫的，我們的上司主管曾經明令昭示，親口封贈。

老劉有點迷糊，憨女婿那一型的。別人開他玩笑，糗他損他，都一副大惑不解的模樣，教人氣結！倒是天生好嗓子，可以從歌仔戲的七字調唱到蘇三起解，再由鍾山春唱回迢迢人的目屎，唱得還真不錯，修理廠有事沒事，就聽他扯直喉嚨免費獻藝。更不錯的是他的專長，機械電工。「馬蓋先」以飲料拉環接上汽車點火線路的鏡頭，他以行家的眼光，挑剔出許多技術上的錯失，旁人說他吃了那兩個大美人的醋時，他還振振有辭的強辯：「拉環至少要以膠布絕緣吧，否則整個車體是負極，和正極的拉環一碰觸就產生火花，火燒車大部分起因如此，馬蓋先懂什麼？」一句一字，都是慈心悲腸：「那兩個女孩如果繼續開車，可危險得很哪！」

把廣告鏡頭當真，也只有老劉才這麼神經兮兮。

不過，這和他的綽號無關，他綽號的全名應該是「神經科劉醫師」。有那麼一天，他心血來潮，在修理廠的布告欄上貼了一張海報，將引擎組列為內科，車輛底盤組是外科骨科，鈑金烤漆組劃入整型美容科，他老劉的機電組寫著神經科，最前面一行大標題：黑手綜合醫院。

那張海報是我們院長——不，廠長看到底下兄弟起鬨，怕掀翻屋頂，下來查明真相後勒令撕了下來，老劉當時被訓得再沒半點醫師氣質，不過，眾家兄弟並不死心，好一陣子，黑手夥伴們全有了醫師稱號。外頭推過來一部引擎發不動的工程車，開口就是：「心臟科急診，陳醫師，您多費心救命。」傳動軸鬆動有雜音，底盤師父出來會說：「小意思，脫了臼而已，三十分鐘後包你行動自如。」當然，轉向燈不靈時，大夥兒一定大叫：「劉醫師，神經劉，快來，眼睛沒辦法眨啦！」

都是玩笑！人體血肉和汽車結構是南轅北轍，大不相同，笑嘻嘻呼來喊去，無非是望梅和畫餅的心態作祟，聊解職業層次差距的飢渴罷了。

一個醫生面對病人和我們處理一部故障拋錨的車，同樣是望聞問切四字真言，或許連悲憫之心也是一樣有吧？記得曾經一部煞車失靈的遊覽車，在杉林溪附近翻下約三十公尺深的谷中，造成九人死亡四十二人輕重傷的慘劇。報紙透露消息，司機曾停車檢查冒出白煙的輪胎，拿水澆冷輪胎後安慰驚慌的乘客，繼續上路，幾分鐘後就出事了。大夥兒談論這件事時，汽車底盤的師父就說道：「輪胎既然會出白煙，表示煞車油漏失在摩擦產生高熱的煞車鼓上，有了悶燒的現象，等到煞車油漏光，來令片無法撐開，車子就一定失控，如果當時我在車上，拚了命我也要阻止司機繼續開動，一車子人命哪！可憐。」

他憂心忡忡，可是，有多少開車的和坐車的，能懂這些黑手的常識和技術？能夠預知機械顯示的警兆而避禍逃劫？

盡管綜合醫院裡笑笑鬧鬧，遇上攸關性命的故障修護時，每個人，都是最盡職的仁心醫者。至於維士比和保力達P等等，我是知道的，就算有人喝，也都在下班時才喝。

十步之內必有芳草，通常指的是高人雅士，黑手夥伴裡沒一個碩士、博士，高和雅不必說了，倒是有句話還沾得上邊：英雄豪傑，盡多市井屠沽之輩。

聶政屠狗，高漸離擊筑，身懷絕世奇技，未得志時皆曾託身草莽，而眼前一群黑手，白日裡碌碌勞勞打拚工作，臭汗泥塵遮掩一身，誰識黑手真面目？

黑手癡人傳記

因為是土木工程公司，我們的足跡重疊著機械履帶痕印，一起走遍荒僻野地，工地宿舍也緊隨著工程地點而遷移，白天，我們是烈日下咬牙揮斧的盤古，寫下開天闢地的拓荒傳奇。夜裡，只有夜裡冰清的山泉，把沾惹的塵意洗過，才真正還回我們剔透明淨的軀體。

住工地附近的人回去了，留下來住山腰宿舍的，都是飄泊的族群。送走黃昏後，他鄉夜燈下開始執筆寫些父母妻兒的懸念，遙寄百數十里外的家園，或者，四處尋找銅板，把戀侶嬌柔的誓言，長途電話裡重新確認一遍。當所有牽掛的情緒都已梳理分明，而上床睡覺又嫌太早，這段期間，正是眾家黑手們煮酒論英雄的時刻。

乒乓球間的擂台賽，車床小胡的抽球威風八面，三軍辟易。撞球台邊，史諾克王正指點拉桿技巧，那白色母球果真聽話得很。閱覽室裡幾個憂國憂民的同事口沫橫飛，正為畸變的社會和政治把脈，一旁有人下棋觀棋，沉默無聲的殺成一團。

略過這些，循著一縷空細的笛韻，來到一排宿舍的尾間。那是老黃，保養組領班。房裡頭吉他洞簫胡琴都有，能彈能吹能拉，據他說是欠栽培，當年若不是他爹在一場豪賭裡輸盡萬貫家財，一個音樂神童大概不會淪落到今天的地步——做黑手的。

童年的夢想延續成癡，三十年來，他對音樂的深情未變，可惜「知音」難尋。至今仍是單身的「伯牙」，自彈自唱他的高山流水之歌。

另有幾位癡人，是素食主義者，他們以相同的信仰，架構成一個自足圓滿的世界，相信因果輪迴業力宿障等報應絲毫不爽，守定一座澄淨明鏡台，在紅塵濁浪裡苦修今生，觀照來世。

曾和其中一個謝師父深聊過，他勸我這個「寫文章的」，欲窮文字般若，四書必讀！金剛經、六祖壇經、傳習錄必讀！看他老花眼鏡戴著，逐段逐句在釋儒道的教義裡追索生命本源，深究造化之祕，其癡其堅，教我這俗世凡夫呵！大生慚愧。

只有一個人，和修道者不能碰面，宿舍裡唯一原住民身分的同事。濃眉大眼，未脫山林野氣，是個撒網捕魚設阱誘獸的好手。自從他有一次以一串烤斑鳩和一鍋溪魚薑湯作為下酒菜，而幾個修道者苦口婆心的和他罵起架來之後，一直到現在，仍舊老死不相往來。

傳承自血肉荒莽的天性，善獵的族人，是他心目中千年萬古的神，也就昂昂然不容人直斥其非，修道者自嘆無有大悲願力，便把他歸為冥頑不靈之類。

還有更難渡化的異端呢！迷酒迷賭迷色的癡人都有。又何處沒有這種迷夢中人？各行百業，豈能獨責黑手？

至於我，丟下白日裡修引擎的氣質和板手，夜晚書桌上，窄窄一圈暈黃，是我玄思冥想的遼闊天地，以筆作鋤，墾文學阡陌的荒。立德立功立言，對我而言是三不「想」，硬要把自己吊在不朽的水平上創作，謙虛認命的我，就算拚盡畢生歲月，大概也只能交出一張空白的成績單！

話雖如此，癡心未變！因此，宿舍底下一彎清淺山溪，我會時常臨流獨坐幽篁，看風搖影動花飛葉舞，撿拾大塊文章偶爾遺落的幽詞雅句；或者爬上山頂，去朝訪山神小廟，立在廟庭邊緣，俯視群巒開展綿延迤邐，斜坡古木，昂首向天，問韶華因何錚錚遠去。想得癡了，頗覺悠悠天地，唯我獨自憔悴了。

一本筆記簿隨身攜帶，一副黑框近視眼鏡架上鼻樑，我確是有那麼點書卷氣。黑手夥伴中推許我最有深度，最有學問！也沒什麼不好吧？他們遇上寫來總覺不夠完美的情書，會捧著水果和紙筆尋我代為捉刀，並且把深埋的情愛故事，忸忸怩怩的向我細說從頭。

樸拙厚實的這群黑手，裡頭倒有幾個在情愛國度裡，夠得上「癡」！柔腸千迴的有，情深義重的有，不過，那是我另外賺取稿費的題材，這兒暫不披露。

各有執著處，春華秋實便自呈現不同風姿，繁花繽紛的世界裡，黑手不是欺霜傲雪的寒梅；不是長青不凋的松柏，我們也開不出幽蘭牡丹的富貴婉約，較適當的比擬應是小草，潑辣辣滋長蔓延的小草！

盼只盼啊！這一大片被忽略在皮鞋高跟鞋下匍匐的小草，能夠不枯不萎，堅持為大地暈染一抹清喜醒眼的綠意。

也盡夠了，不是嗎？

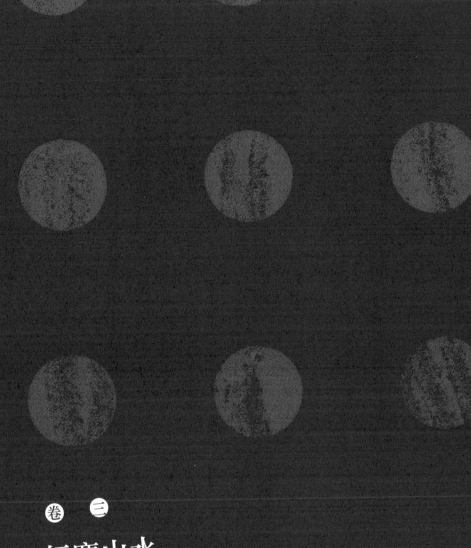

卷三

紅塵山水

當年離開牡丹，迎春花正嬌正豔。

如今重逢，也是春天，

季節不變，中間相隔整整十七年。

早安，台北

讓台北誘惑一下下

我問過我所有的朋友：台北印象如何？

他們的答案完全一樣，搖頭說不──喜──歡。

生活在瓊麻海岸，慣吹落山風的恆春男子，迢迢長路上一趟北部都會區，皆因許多不得不！受訓在台北，出差洽公在台北，領文學獎等藝文盛會也在台北……我相信物以類聚這話說得對，來去多少回了，我也從沒喜歡過台北！

可是，做為行政、經濟、文化等等皆屬統領風騷的大台北，一定有她迷人魅人之處，才能吸引人潮和車流一起擠進來這個小盆地，擠成讓我和朋友所不喜歡的匆忙急迫，擠成摩肩接踵的疏離感，即使錯身而過，偶一回眸，入眼盡是荒涼冷漠的背影。

買一份市街圖，我在台北車站前喝著啜著一杯廣東粥，尋找可能下榻地點。我是來受訓的，今後將有一個月的時間和台北晨昏相守，我決定捐棄前嫌，試著讓她誘惑一下下，偎入她懷中，耳鬢廝磨的領略她的綽約風華。

凌晨六點，台北車站，人與車不疾不徐，很有點我熟悉的閒適味道，慢慢逛上天橋，我俯視猶帶昨夜清冷的忠孝東路，雙臂舒張，深吸口氣，輕聲且溫柔的說：「早安，台北，我來了。」

中山北路走七擺

上課到住宿的地方，步行需要半小時，坐公車或計程車則不一定，十分鐘到一小時都可能，已經來了幾天，我當然知曉選擇時段，搭車或步行。

另外，我學會了走路——小綠人亮起時，挺胸快步穿越斑馬線，而且絕不會碰觸到前後左右行客的台北式走法。

我逐漸走出趣味來了。長年飄泊的人，山水行吟裡早就練就了不錯的體力和腿勁，昂首闊步輾轉行經騎樓窄巷，當真臉不紅大氣不喘！因而尚有閒暇餘裕瀏覽眼前市街風景，工程開挖的公路窒礙難行，權當一段崎嶇山路，高低大樓層峰峙立，市招霓虹各具巧思，引人駐足玩味，更可喜沿途蝶舞鶯飛香風襲人，桃李杏朵朵豔放花顏，迎面而來，我從不吝惜讓眼光暫留片刻，做沉默的讚美，而我知道，那一刻我的心思恍若莊生羽化蝴蝶，栩栩然間仍留澄明幾分。

有時候，我眉沉眼鬱心若鐵石，夜深了還在街頭晃蕩，走著走著彷彿走入一片荒莽墓域。車燈鬼火燐光般在身邊尖泣嘯叫，唯我一身頭盔甲衣冒著森寒冷氣，刺秦的荊軻，易水蕭蕭流盪著悲壯甜蜜，我卻是那黥面吞炭的豫讓，藏一把鋒利的匕首，在無人相識的角落，切割解剖自己。

鄉愁罷了！雖然那是出外人胸口永遠的痛，走走路，流流汗，讓疲憊欲死的身軀和心情一起埋葬在異鄉孤衾的魂夢深處，明晨和陽光一同醒過來，就沒事。

走在中山北路上時感覺沒那麼複雜。樟樹枝葉細密，遮出一條淡雅的林蔭大道，我喜歡沿途木葉清香，更喜歡在樹蔭下唱那首中山北路走七擺的台灣老歌，想像一下，當年村姑揉碎辮子等不來情郎的情景。

輕唱情歌，情歌清唱，山高水遠的情思，踩著古典小碎步，百折千迴盤上心頭。

淡水日頭沉落山

黃昏，大稻埕碼頭，一群灰鴿翻飛在河面細冷煙波處。

摩訶薩壹號、貳號渡輪，泊岸牽纜靜定如僧，淡水暮色裡蒼涼吟哦一段波羅蜜娑婆訶。殘陽預知殞滅的結局，浴血染紅寬廣河面，燦爛驚心，面對這般飛逝流光，渡輪已老，如何智慧到彼岸？

一府二鹿三艋舺的世代，河上舟楫往來，大稻埕碼頭上南北貨曾經堆積如山，那時候的摩訶薩兄弟應是水滑油亮的精壯小子，善泳負重，忙碌而愉快的響著低沉哨笛，怎知衣袂霜風和鬢角攀爬雪意並未留情，入眼唯剩淡靜一段歲月禪味。

世代交替，繁華被更繁華取代，快速被更快速淘汰，幾座巨橋跨過兩岸，南北貨讓大卡車直接送到倉庫，更便利。碼頭扛貨的工人，帶著孫兒女閒閒逛來，在點染青苔的大稻埕上共看淡江渡輪；對著歲月指指點點的老翁，說的都是過往斑斕記憶中的堅苦卓絕，孩子側耳傾聽，驚奇閃動的瞳仁，皎月初星般晶瑩剔亮！悠悠萬古，原該如此這般的，傳承！

延平公園內，古榕鬚根恣意遮掩，暮色在這裡更荒涼更陰森，這個昔日茶室酒家並立的河畔，只剩下幾個白頭翁媼，就著矮椅矮凳閒話天寶遺事。

日頭將要沉落山，沒關係吧？明天將有更新更亮的曦光，搖蕩河面金波，我如是想。

敢與歲月周旋的迪化老街

自河畔九號水門出來，橫過幾條馬路，就是燈火輝亮的南北貨集散地——迪化老街。金針木耳小魚乾，布匹香燭黍稷豆麥，只要你想得出來的事物，老經驗的商家店主，都幫你準備了。

走到布街，一匹匹的綾羅綢緞，發散溫暖色澤；走到米糧街，綠豆紅豆黃豆小山一般疊滿籮筐，峰峰相連。最盛氣凌人乾貨舖，香菇銀耳葱蒜，蒸騰出草木芳香；蝦米魚翅魷魚絲，河海腥鮮誘人口涎！超級商店裡急速冷凍的雞鴨魚蟹，標榜新鮮無菌，微波爐解凍後熱炒冷盤隨意，那是新世代的速食方式。迪化街不同！布須裁剪針繡過才成衣服，手拈一絲一縷，便要教人惜物謹事，乾貨得先泡軟再以文火慢燉，深沉遲緩的步調，唯深靜莊重者才懂滋味。

入眼存心，總有幾分偏袒古意，這無關年紀，我原就溫文典雅的性子。

由迪化街二段走到三段，愈走愈窄仄愈荒冷，老舊磚瓦樓台泥灰斑駁，牆隙壁縫苔衣線蕨肆意滋生，原來豐饒可喜的南北貨，轉換為供桌神案祀神祭鬼的香燭店舖。而店內燈光顯然不夠明亮，特別透出肅穆陰森氣氛，天界諸神法器，幽冥眾生喜惡，在熟知祀奠禮儀的老店主口中娓娓道來，才知禁忌特多，絲毫謬誤不得。「信則有。」老店主那皺紋滄桑的臉上仍有針尖般銳利的眼睛：「不信，就——沒有嗎？」

如此鄉土情性，和我鄰家阿伯說起他那一套專拿來嚇小孩子的神話鬼語，表情聲調一個模樣！

再走一小段路，眼前燈光乍亮，一間售屋公司的樣品屋，正以新潮摩登的姿態，燈輝燦亮的挺立在一排黯淡磚瓦店舖中。門口看板大字寫著：大橋頭淡水河畔，第一棟敢與歲月周旋的花崗岩建築。

我微笑著，欣喜看到迪化街老店的新生代，選擇了堅實沉凝的腳步，以百年，百年的跨距和歲月並肩齊步，毫不相讓！

仙跡巖的傳說很台北

訪以文字結緣的好友，林姊。試院路住宅區算是大台北少數幽靜居所之一，她家依山勢迴旋直上，坐落山坡的一棟別墅，背後就是仙跡巖。

林姊外觀嫻雅貞秀，文學素養更讓她心靈婉約多情，沒想到還有一手烹調功夫，剛吃完她精心製作的晚宴過後，我嘴裡又軟又膩的沒口稱讚著，她說：「飯後走走，活到九九，到我家後花園走一回，如何？我怕你剛才吃撐了。」

台北今夜微雨——林姊說：「帶傘。」入冬來，風有幾分寒意，且山路溼滑，階梯陡峭，又暗又危險……林姊說：「換雨鞋，穿外套，手電筒一人一支，才六七百級石階，你行！」任何礙難都迎刃而解了，可是，夜訪仙跡巖，攀登好漢坡，這是為誰辛苦為誰忙？

騷人墨客為尋詩意，就算偶有狂放之舉，想必找的都是些清風明月的好天氣吧？

臉紅氣促的跟著爬上巖頂，尚來不及伸腰捶腿，夜景！海島最亮麗的一方夜景霎時撞擊入眼！低處琉璃光河熠熠爍爍，那是車燈街燈，幢幢嵯峨高樓指天插地，剔亮燈輝映出劍氣鋒芒，直破昏冥夜空，這就是台北！以流火梭織成毯，繁華極致的鋪展眼前，我叫嘯驚呼舒洩胸中的感動與撼動！

回頭，林姊適時含笑開口：「太漂亮是吧？這好有一比——劉姥姥進大觀園。」

紅樓夢裡劉姥姥這鄉下女人，富貴當前，未奪其真情直性，算上等人物，林姊這是誇我了！

仙跡巖上有一足印，相傳呂洞賓瑤池赴宴後返指南宮，中途不勝酒力，按下雲頭休息時留下來的。原來仙家也會貪杯嗜飲，而且還在凡人眼裡漏了底。相不相信，就讓想像力自個兒去決定，林姊說她相信，因為這傳說又美又灑脫，很人間，很台北。

雨霧潤溼髮梢的夜晚，遠眺一片煙火紅塵，我終於也相信，我可以慢慢喜歡台北。

華西街的沉思

華西街觀光夜市的入口，牌樓飛簷上盤龍棲鳳，鑲金砌玉，大概想讓國際人士體驗純中國式的市場形態。

然而，中國的宿命裡注定天災人禍綿延不斷，困頓潦倒的生活記憶根植已深，鬧過多次饑荒的民族有得吃時，一定特別好吃，貪吃！華西街第一段夜市，毫無遮攔的說明這般歷史真相。

兩旁小吃店座無虛席，小小的吃吃喝喝，只是飽食之人心態上的飢餓，原也無須過責。不過——許多所謂的毒蛇中心、毒蛇研究所，當著圍觀人眾之前，凌虐猿兔，宰殺蛇鱉，我很難同意這種華西街特色！觀光客中有美國人、日本人，我除了看見他們臉上不忍和鄙夷的表情外，好像沒見過他們因此而入內喝湯吃肉！

我也不吃！聞其聲不忍食其肉的惻隱之心，我有，何況這般當眾剝皮碎骨的情景。人類搏殺其他生命，取其血肉以求生存，便也罷了，飽暖之後的口舌貪慾，才是生態環境被破壞的、真正的罪魁禍首。

更有人性沉淪的景象，藏在觀光夜市後頭窄巷裡！二十世紀末，科技文明的燈光已經開始探測遙遠的星球，這一處人性陰鬱的角落，依然照不透！每個國家，每個城市，都有肉慾的買家和賣家。我能說什麼？食色皆是天性，為生命生存及延續的原始本能，我戚戚於心的乃是人心慾壑填補的行動愈演愈烈，終將帶來人性徹底的荒涼或——毀滅。

我只遠遠的瞅一眼粉亮紅燈的窄巷深處，快步離開！

成衣夜市，又是另一種「過量」。兩旁商店，全讓各種時裝、牛仔、睡衣等攤子密密遮掩，大馬路也擠成一條小徑。不買衣服的不得不朝成衣攤裡尋路，一不留神，一套看來挺順眼的引你駐足，再誘你掏出鈔票來，正正好完成一個小小的、賓主盡歡的圈套！

你可以殺價，不太離譜老闆會軟軟的和你磨出個數目，如果老闆勸你貨比三家再過來，那是你殺過頭了，你要真捨不下那件衣服，讓老闆開個底價再將就打些折扣吧！不止衣服，夜市裡任何一家標榜不二價的攤位的任何物事，都適應這套人情味濃郁的規則。

只有在夜市裡，才能直接面對中國式的趕集場面，賺取那一份太平盛世的喜樂；也才能直接去感受草莽子民潑辣辣迸濺的生命力。就是這樣的生命力，以著小草般低姿態蔓延於地球任何一處表面，鋪展出「唐人」的盎然生機。

早安台北

T恤、布鞋、牛仔褲，半個月來遊俠式的穿街過巷，隨行隨想，適應力尚可的我，已有七八分台北人的樣子了。

台北人是什麼樣子？功利、狡獪、冷漠嗎？我發現以往我留下來的這些印象不很正確！根據這些時日觀察得來：台北人只是不大理會旁人眼光的論斷，把持自己的目標或守定自己的崗位，果敢進取，目不旁視。

我喜歡這樣自信的態度，這樣特立獨行的勇氣！

清晨，我在台北尚未熱絡的時段，走路去上課。我碰上的是隨便選棵路樹底下做外丹功的老人和小公園內長青俱樂部唱卡拉ＯＫ和跳土風舞的會員；看他們彎腰踢腿，也聽他們歡聲亮喉高歌。

或許，再怎麼像台北人，總難掩幾分土味吧！我特別有老人緣，四目交錯時會忍不住朝他們點頭招呼。幾次以後，有幾個已經會主動的喊我：「早囉！又擱要去上課？」

昨夜的繁華洗淨胭脂水粉，清晨街道更多的是清純學子，整齊素淨的制服迎著晨曦，那是我們的未來和希望。

跟朋友通電話，彷彿聽得半島落山風粗獷的呼息，難免又被問起：「還習慣吧？當台北人？」

「沒問題！我每天都把台北叫起床，向她說早安。」我的答案是肯定的，而且我會加一句：「有空上來吧！我當嚮導，台北迷人處多著呢！」

山水仙鄉

當年離開牡丹，迎春花正嬌正豔。
如今重逢，也是春天，季節不變，中間相隔整整十七年。

石門古戰場

出枋寮，南台灣金粲粲的陽光就擺脫了市囂沙塵，在山海之間乘著落山風互相追逐。機車行走在乾爽潔淨的屏鵝公路上，幾乎可以感覺，肌膚撞擊陽光的暖意。左邊山巒起伏，綠得亮眼，右邊自微弧的海岸一線白浪起，開始塗抹層疊分明的藍，直到海天交接處，幾朵浮雲，閒得很，不急著趕路的模樣。放眼雲白山青海藍，此情此景應該有詩，陶淵明悠然見南山之類的——捺不住衝動，我張口高聲吟哦，唱的是：「我又回到昔日海邊，海風依舊吹著海浪……。」詩人的才氣，我一向欠缺。

路過而已。流浪的路途上輾轉多少風景，入眼存心，一向深藏入記憶的膠卷裡。而牡丹，總不經意的在過眼山水裡浮現她的容顏，那是張教我懷念的舊相片，我的最愛，闊別十七年後，我終又回頭尋向她的懷抱。

枋山、楓港，由車城再轉入四重溪，走過一家家以溫泉招來旅人的客棧，雙線道的柏油路陡地成了狹隘的產業山道，再往前走，兩旁相思樹林夾道成蔭，木葉清香更濃更馥，而一溪曲折相隨，及時穿越兩岸闢攏來的陡峭崖壁。板岩青黑凸楞，猶帶荒莽猙獰的姿態，古榕盤根錯結，以倒懸的枝葉遮斷天光，窄徑上遂瀰漫著陰森霧氣，古戰場！石門古戰場。

這段險道，昔年曾是硝石弓矢兩陣對峙之處。山外唐山客日夜燃燈持槍戍守；山口內巉壁岩隙，排灣族獵頭勇士持矛掛刀伺機而動，像所有拓荒史實般，總必須和當地先住民作血肉寸土之爭。渡海而來的唐山客以車築城，占據海岸一片平埔地，被驅入山野的排灣勇士遂以獵取侵入者的人頭向祖先告罪祈福，仇恨，壁壘森嚴的對立在這兩岸夾溪的山隘處。

這樣的爭執，一直到清朝同治年間，牡丹社抗日事件風起雲湧，排灣族以弓箭彎刀固守的石門隘口，終於難拒帝國殖民野心的砲火。酋長宣布放棄最後關卡，含淚率領他的族人散入南台灣深谷群山，以山芋和狩獵度那山中莽蒼歲月。

石門，古戰場，剩下一彎清流，滿山翠綠，和那相思林蔭深處口刃啾不絕的鳴禽……還有我！

旭海牡丹灣

多少歷史荒塚，再掘不出淒慘記憶的森森白骨。

抽根菸，喝罐伯朗咖啡，百數十年間的滄桑，雲淡風輕。我繼續走，海的潮音逐漸渺遠，昔日青髮少年，依稀尋著舊時路，入目仍是熟悉的，婉約的寂寂山稜，重重疊疊。高山絕崖，雖說挺秀雄偉，讓人敬畏，卻嫌多一份雪冷霜寒的孤傲，而南台灣的山，以柔軟平緩的弧度起伏，滿滿承載著暖陽，彷彿可以迎頭潑灑你一身熱情，偶見低谷停雲，便以綠草茵土鋪開一方潔白絲絨，誘人躺臥嬉戲！車過茄芝路，過中間路，山地村落的小子瞪大眼，叫著笑著向我揮手，路旁斜坡，迎春花不改紅豔濃妝，十七年前的竹屋木屋，大部分換成堅固的磚瓦水泥，幸好，繁華熱鬧是山外人家的事，所以這兒的孩童，拙樸野性猶在，他們是山永遠的寵兒。

我滿心歡喜，舊日記憶的照片，原來不曾褪色。牡丹，仍以最初的容顏，與我相見。

當年在東源，我隨著工兵部隊修築牡丹到旭海的公路，同樣阿兵哥的夥伴們，正為著窈窕淑女而奔波情愛路途時，我便初顯飄泊的本性。總是一個人，腰帶上繫個水壺，手上一管竹簫，獨自離開營區遍訪山水。當一處處山角轉過，乍見牡丹社茅草木屋，斜映薄暮輕嵐，一幅避秦桃源的絕美景致，教我怦然心動！那時年輕，觸景猶生一段老人型的淡泊心情，是那種靜，那種寂寞荒山無邊無際的靜。我坐在山角斜崖上，伸直酸乏的腿小憩，傾聽萬籟俱寂靜中隱約的喧嘩，狗吠聲、雞鳴聲，滿山滿谷蟲語禽啼，愈聽愈嘹亮清晰，而只要一轉念，一分神，那喧吵細語便止，依舊寂靜！從那時候起，我知道，有些大自然的天籟，不能用耳朵，必須用心，用「心」才能聽得到。

同樣的一天，在旭海牡丹灣，我發現在震耳喧嘩聲裡，竟也能以心聽出寂靜！

如今，我越過十七年歲月，以當年相同的姿態，躺在牡丹灣的扁石海灘上，傾聽礁石巖岸衝擊太平洋浪濤的動靜。陽光晶亮溫柔，暖薄絲被般輕輕蓋住，我把外套蒙住臉，兩隻衣袖拉過來交疊成枕頭模樣，放在腦後，以耳以心，在驚濤拍岸的巨響裡傾聽大海的沉默。

是這樣的潮聲起落，自混沌初開伊始響過億萬年，前寒武紀，生命胚胎猶在孕育時就習慣聽取如此規律的呼息聲，侏羅紀、白堊紀，巨大的爬蟲類陸上海中覓食求偶聲，也隨著潮汐響亮或靜默，一直到現在，二十世紀末，一個追索歲月軌跡的山水男子，來到太平洋畔傾聽遠古蠻荒的訊息，仍恍惚惚似初生的嬰，貼入母者寬厚的胸膛，感受那穩定的脈動，心跳和潮汐，一起，一落，我竟睡著了。

甜蜜沉酣，熟睡如嬰！

當我醒來，午後斜陽正懸在如茵的中正大草原上，風吹草浪，泛起一層漣漪般的金色波光，只覺滿心滿意的寧靜，和那撞擊入眼的，美！

是的，這正是我魂牽夢繫的牡丹灣。

東源飲酒歌

還記得童稚清音，教我唱情歌的情景。

那時快退伍了，部隊紮營在東源國小後面的山坡地，有固定三個小小山地迎春花，天天來找陳班長，要陳班長帶著吉他和她們一起唱歌跳舞。進一步退一步，左踢腿右踢腿，單純而歡樂的山地舞步，是那時候學的，而那首飲酒歌，充滿豪情坦然，卻又頗有元曲隱逸頹廢的魅惑之處，我喜愛它的曲調。趁著斜陽未墜，由牡丹灣往東源走，我敞開嗓子，一路高唱：

很好喝呀，這杯米酒加可樂，
我就把它一杯一杯喝下去。
要回家，瑪布瑪布啦，瑪加里加里，
哎喲喲在路上，要回家嘛，十二點，
乾脆睡在心上人的大腿上。

我問過那小丫頭，為什麼她們唱到那句排灣族語時，總是故意瞇眼微笑腳步踉蹌的晃動，她們說喝醉酒了，走不動了，就是「瑪加里加里」，我記得她們和著吉他，唱倒在草坡上裝睡的可愛模樣。

更忘不了三個小女娃的純情稚意，偶爾休假返鄉，她們會守著一天幾班公路局的車子等我，因為我總不會忘記買些小玩具送她們。

站在山村教堂前的廣場，這是當年耶誕軍民同歡晚會，手牽手團聚成圓，唱歌跳舞慶豐年的地方。那一大鍋沸騰濃膩的野豬大菜；那甘藷酒釀撲鼻醇香，彷彿重現，還有那三個小女娃偷喝了酒，互相向我告密說誰跟誰長大要嫁給我時滿臉的羞紅，只覺記憶排山倒海而來，一種教人措手不及的歲月深情。

而十七年，十七年的變化有多大？山水俱在眼前，仍以舊時風景，當初豪興飛揚的戎裝少年，已成如今多思多慮的沉潛男子。她們呢？該也走過一個女子最嬌豔的年華，是不是？迎春花已多少次開謝！或者，東源村落裡呼喝著兒女的黝黑婦女是她們；沼澤驅牛趕鷺的農婦是她們，甚至，錯身而過，這個滿嘴檳榔渾身酒氣的胖壯女子，竟是當年脆亮清歌，皓眸流兮盼兮的山野小精靈哩！

暮色在山中來得早，一條山路，兩旁房舍裡逐漸零落亮起燈盞，把山嵐夜霧映照出幾許柔婉……南台灣遁世般的深山部落，此後數年，我流浪的輕塵將悄然落定於此。

回程往牡丹工地，下山，我故意關掉車燈，緩緩滑行，清月圓滿，霧籠紗帳，風微涼，東源小村幾盞暈燈遠遠亮粲在一帶煙嵐之上，彷彿天上宮闕！

桃源已遠，機車循著山路婉轉墜落，竟有淡渺哀怨浮現，恍若擁抱滾沸紅塵時微微燙炙的心傷。

印象十一

楓港一瞥

他是流浪漢，一臉油光泥垢，渾身襤褸風塵，蹲在三岔路口烤著焦黑的鳥屍。

他在風中裂喉嘶喊：「往台東的，往恆春的，屏東高雄來的大爺們，伯勞鳥又肥又嫩喲！吃了再上路喲！」

如果鳥踏仔燒不完；羽光矢豔的灰面鷲木乃伊仍密藏的門後，他的名字總有一天要改成——瘋港！

伯勞與灰面鷲的獨白

自西伯利亞銳冷的刀鋒邊緣逃亡，兩翅風雲萬里。羽翼的滄桑沾滯，有些沉，有點重，幸好太平洋煙波中一抹青蒼翠幽已然在望，半島燕尾禮服最帶迎客古風。十萬渡鳥愉快的乘著落山風啾鳴而下。

灰面鷲需要一頓肥美的野鼠大餐。伯勞只想在柔風綠水裡梳理凌亂的翎毛。怎知才一歇腿，才一落足，和善的主人前門設阱，後門布網，當中擺好了烤鳥架，正在吹炭誘火！

「殘酷之島！生態煉獄！」再次逃亡的伯勞和灰面鷲咕咕嚕嚕埋怨著。

枋山的山崩囉

傳說石壁樓的峭壁若是崩落石頭，表示天神生氣了，石頭掉得多又大的話，住在山上的排灣族勇士就會持矛掛刀下山「出草」。

出草就是獵人頭當祭祀品，請天神息怒之用。成功的定義也就是某個平地人的頭落了地。山胞嘿喲嘿喲的唱著跳著上山。

世間多少殘忍的殺戮，因為人的愚昧，一直進行得理直氣壯！天神在哪裡？

上回颱風才歇，路過枋山，穿越公路上散碎的大小石頭時我大喊：「崩山，崩山囉！」

雨後荒山寂寂，林樹枝清葉潤，傳說探出頭來瞧瞧，默然無語。

瓊麻洋蔥和落山風

自東海岸河床掀起，經由中央山脈南端山谷穿出，中秋風起，清明風止。赫赫大名的落山風，一年裡有四個月的時間，在半島上耀武揚威！

是真的囂張！奪走笠帽，吹翻陽傘，樹低頭，草折腰，果然飛沙走石，人獸絕跡。最可怕更深夜靜時，門窗格格作響，落山風尖聲嘲笑著人的懦弱，徹夜不休。

半島栽種的洋蔥，好吃！這我知道，經過一次落山風季節，我更知道，原來落山風無情折斷洋蔥枝葉後，養分全凝聚在球根處，半島洋蔥遂以肥腴甜美馳名。

還有瓊麻！立足山坡貧瘠礫地，揮舞葉刀劍芒和落山風搏鬥過一季又一季！愈狂厲的風，愈能造就出強韌的麻繩。

兩種植物的表現，蘊含天地至理。這些屬於正面，勵志的啟示，掩門閉戶的怕風的人哪，真該出來學習學習。

牛車城

車城，原來叫龜壁灣，是海龜嬉遊產卵的沙質莽地，只偶有山胞捕魚狩獵。

三百年前，國姓爺鄭成功趕走紅毛番，分兵全島各地，大明士兵第一次南下龜壁灣駐守，解甲歸田的老兵就在此地墾荒定居。日出而作，日入而息，餘生無爭無求即稱得上幸福平安，老兵識字不多，嫌龜壁灣不夠文雅，改名福安城。

然而福安城卻有了禍事，山胞出草、掠奪，目標皆指向這個外來的農村，烽火刀兵闖蕩過來的老農合力豎柴木為城牆，再度執戟保鄉衛土。這段期間，爭戰不休，福安兩字自然捨棄不用，柴城再簡單易懂不過了。

牡丹社大頭目不耐煩久戰，集結十八個部落勇士大舉入侵柴城，老農以牛車布陣，擊潰來敵。經此一戰，牛車城大名直教山胞聞之喪膽，簡稱車城，沿用至今。

午後和車城父老泡茶嗑牙，三百年名稱迭替的故事終了，太陽還未落。這也算歷史，小規模的，中華民族本就是個愛換名字的民族，魏晉漢唐、宋元明清，改朝換代幾千年，便是幾千年戰禍綿延！

遙望大海西面漫天紅霞，血色猶新！我幽幽，幽幽的一聲長嘆。

恆春小調

思想起，日頭出來啊滿天紅。

陳達拉著二胡，弦聲像一帶幽咽的溪流，漫過生鏽的肺腑，誘出他瘖啞的歌聲，恆春的鄉愁悲愴而遙遠。

少年的我愛說愁，曾為那張柑古的容顏撼動過，來到恆春，哼幾句思想起，最恰當了。

恆春的朋友說：「錯了！你這麼唱，唱不出民謠味道，聽好！」他要我仔細體會恆春調特有的唱腔。

思啊——想啊——起啊囉——喂日仔頭……

是有幾分土味，但歌聲不夠老，應該掉幾顆門牙，關不住風，唱來會更恆春，而且嘴唇沒有發抖，手上沒有二胡……朋友瞪大眼睛看我嫌他，大惑不解！

他當然不會了解，我才不要追索恆春調的唱腔，我只想重溫悲哀和感動的心情，但陳達和我的少年，誰都唱不回來了。

高士心，佛山情

遁世深山，我可不甘寂寞！下班時分，最愛訪山問水。

循婉轉山徑千迴百折後，我找到了高士村，並且問明白了佛山舊部落的遺址。答我問話的姑娘笑靨如花，水靈靈的黑眼珠，清且媚。但她不清楚牡丹社抗日事件高士滑部落未及馳援石門戰役的緣由，我提起百步蛇圖騰的典故和射日神話，她也不懂！排灣一族所有的傳說，她聽著聽著，僅浮上滿臉的驚異。

最封閉的山區的這個最原始的部落，茅頂竹屋裡錯落著小樓別墅，停放著許多嶄新的豐田和喜美，山胞的話題圍繞著電腦噴油或手排自排的取捨，荒誕幽莽的山中傳奇，繼續斷滅！

部落入口的指標上寫著：高士心，佛山情。寂寂寞寞的高士滑和舊佛山呵！你們能有什麼心情？

棄嬰

春日，獅子、牡丹、滿州各鄉，山巒層疊，綿延翠鬱，赤尾青竹絲和飛鼠自在林梢出沒，五節芒叢偶有野豬擦身磨牙的痕跡，野兔、白鼻心、山羌和獼猴仍可能驚鴻一瞥。原因只一個，最危險的獵獸，人！這種生態終結者還未完全占領山區。

可是，我在山道上見過龜殼花被車子輾成一道斑爛彩帶，也見過松鼠血肉淋漓，喪生輪下！我彷彿已看出莽野初露末日徵兆！

充塞胸臆的氣憤疼痛，豈止這些！我在山胞矮簷下觀察一隻初生獼猴許久，看著牠在鐵籠裡驚惶的對我齜牙嘶吼。開價索求，我說明欲待縱猴歸山的意願。

「太小了，放出去會死掉。」那個黝黑的婦人說得無牽無掛。

我扭頭就走！再不敢深思一個棄嬰的命運。

酒國英雄

酒與元曲不分家，只因隱逸沖澹的弱勢生命，仍須酒來熱腸壯膽，才敢將帝王將相一把推開！漁歌樵唱裡舉杯邀月，功名便是糞土。

酒紅熱烈燒在山胞臉上，是我山居歲月常見的風景。

說好和鄰居小酌，指尖沾杯揮灑，敬過天地鬼神，鄰居的朋友的親戚的鄰居全在路過時停下腳步。維士比不夠，拿米酒來，將醉未醉時酒國英雄的豪氣最干雲，曾經隱忍的恩怨便可說開來，吵一架或打一架！熱烈場面更可持續到山月西斜，曉星欲沉！

帶醉闖山，路旁傾倒的摩托車和睡入山溝中披一身寒露的醉客，也是我常見的畫面。

我感受不到元曲的逍遙，衝鼻只烈酒浸漬後頹廢人生的氣息！

天風海雨

青山翠嶺，豔陽高照，颱風還在恆春外海四百公里。路經屏鵝公路，卻見狂濤巨浪掩天覆地！整條海岸公路，瀰漫著鹹膩的雨霧。海雨！天風未至，海雨先起。

尋一個觀景平台停車，才搖開車窗便有雨霧爭相撲入！「會生鏽的。」坐在旁邊的友人說。

關了窗，仍能清楚感覺怒濤拍岸的聲息，規律而狂暴！彷彿巨人鬱憤的呼息。這一刻，我放棄以知識來解釋自然現象，我寧願像民智未開時，謙卑的先民對天對地，對風雨雲雷無比的敬與畏。在那世代，大自然垂憐撫育萬民，誰人不存感恩之心？如今卻是萬民無止盡的向自然索取資源，拿來揮霍！

「鈑金會生鏽的，這是海水！」朋友重複提醒，硬要拉我回現實來評估眼前的利與弊。

「感受一下天風海雨的啟示玄機罷了！你沒聽它們說話嗎？」然後，我看到朋友眉頭浮上一朵小小的迷惑。

暮鼓

石觀音天龍寺，靈石化顯觀音慈顏的傳說，言者鑿鑿。

這座荒山佛寺，臨一彎澹澹清波的四重溪，視野開闊，直可遙望海口落日的景致。我不愛人來干擾我時，會選擇到此靜坐，寫下一些半島印象。

不上香禮佛，不朝功德箱投錢，悠然來去的男子，形跡有些礙眼吧？那老尼姑注意我許久了仍未釋疑，忍不住過來盤查身世！看我很好講話，且能以拙樸鄉音和她對答如流，幾次交談後她終將滿腹弘法積怨，向我傾吐。

「慧根！世間俗人攏無慧根！」老尼姑不止一次如此忿怒的說：「這兒更是喝酒殺生！教伊吃菜是無可能的代誌。」

我以對待鄰家歐巴桑的心情與老尼結佛緣。安慰她說一樣米飼百樣人，善性惡質攏有，要渡化眾生，當然不簡單，當然辛苦，佛祖若知伊誠敬的心就可以！

固定到敲暮鼓的時間，相互合掌告別。她上鼓樓，我傾聽著企圖醒世警迷的荒寺鼓聲，一路行向人間燈火。

山是山，水是水，紅塵仍舊沉淪許多人心，一篇印象十一僅是白紙黑字；小徑三轉二彎，鼓聲已被山風吹散！

拈花有情

世人心智神識的活動，佛家謂之七情六慾，皆屬證菩提路時掩自性明鏡的迷幛浮塵，其中貪嗔癡又稱三毒，為禍最烈。

貪與嗔，當然不好！癡呢？癡是執著，物執、我執、情執。像一張解也難解的羅網，把一顆心啊，困了進去！這一困，深悲極樂輾轉尋來，縱或粉身碎骨，依然有人還說得一聲：甘願！

癡，不好嗎？山中老僧說是，多情少年搖頭，莫問，莫要問，且在蒼生黎民虔敬的臉上，尋找答案。

車城福安宮

發現這巍峨大廟供奉的主神，竟是土地公，我又訝異又歡喜。西遊記裡老是被孫大聖唸聲「唵」字咒語，就拘來打官腔的土地公，一直讓我覺得他有點糊塗，有點童心，我喜歡他老天真的模樣，也習慣看他住那低矮素樸的小房子，可是車城福安宮的土地公不一樣！

守廟石獅威風凜凜，分立兩側，紅漆廟柱烙金楹聯，歌頌功德，大殿樑壁盤龍雕鳳，栩栩如生，福德正神的塑像又高又大，坐在主壇上，正俯視著一片癡心卜問福禍休咎的善男信女。還好，他那笑容仍是挺可愛的。

我從不擲筊問卜，可我有同樣的癡心。偏愛在山水飄泊的路途中以廟寺作驛站歇腿，山巔水湄，每一座小小的土地祠，都教我想起童年。故鄉小村莊外也有土地公廟。遮掩在老茄苳樹下，不管多瘋多野的頑童，想爬上茄苳樹掏那青啼仔的窩巢時，總要折草為香，拜過樹頭廟門，膽小的我一直唸不來台詞，倒是鞠躬時會偷偷的多彎幾次腰。鄉間父老說起土地公的顯聖事蹟，一向繪聲繪影，我永遠不肯忘記，他們臉上深信不疑的敬與畏。

如今，天人鬼神，隨著閱歷歲數的增長，在我眼中逐漸面目清楚，虔敬仍有，癡心依然，卻只合掌躬身，為時空乖隔的一人一靈，打個渺茫隱約的招呼罷了。

坐在偏殿供來客休息的木椅上，拂落南台灣山海遨遊的風塵，我舒服的伸伸懶腰。八音神曲的鑼鈸鼓號有點震耳，香箔錫紙燒得熱鬧，整座大殿香火煙氣氤氳濃霧，土地公的眉眼一片朦朧，也不知他能否看得清每一張求他庇佑的人臉，聽得明私語般切切訴說的心願和疑惑？

並不是神廟慶典之日，卻仍能以人潮洶湧來形容，好幾部遊覽巴士停在廟前廣場，進香遊客湧出湧入。這些來自各鄉城鎮的進香客，以阿公阿婆居多，歲月在他們臉上深雕紋褶，說明為兒女辛苦一世的事實，如今應是含笑攜手，細看斜陽晚雲，共享夕照餘溫的時刻，因何選擇遇廟燒香，逢寺禮佛的方式，如此僕僕風塵？

我看到一個削瘦老婦，叩拜時大聲哭訴，三支清香拿在手中抖抖顫顫，頻頻追問子女兒孫的命運世途，聲聲熱厲不忍的癡語，說盡深情！

說不盡的也是深情！當她們衰弱零落的羽翼，再不能為兒女遮擋生活艱難，便一心祈求神佛靈顯，護佑她們展翅飛入人世的兒女，一路無風也無雨。

車城，福安宮，土地公笑吟吟看到的，和我冷眼旁觀得到的結論一樣：世間多少情執無怨的癡心父母。

走出廟門，廣場上一部全新的「發財」小貨卡，拖了一大串鞭炮繞圈子，噼噼叭叭的熱切炸音，響在南台灣海邊晃亮亮的陽光裡。

關山福德宮

山水勝景，為我流浪的旅程，妝點出許多嫵媚，一盞他鄉夜燈下，我仔細記錄動人之處，沉迷於稿紙阡陌所展現的文字之美，已是我不可救藥的癡心，若說這樣的「癡」也算三毒之一，恐怕今生今世我再難戒除了。

知我者熱情指點途徑，他們說：關山夕照，寶島八景中最上鏡頭，正該你去瞧瞧。終於尋得關山，在海潮鏤雕的礁石邊緣，倚石欄目送斜陽。山不高，恰可以將大海的開闊浩瀚，盡納胸臆！

夕陽西下，斷腸人在天涯！黃昏景象較傾向冷調憂鬱的畫面，讓老人想起時光消逝的無情，教羈旅倦客有著今天夜宿誰家的蕭索，曲賦詩詞簡直就把落日情境給定型了。幸好，這兒沒有古道西風瘦馬，視線所及，一大片海平面鋪著柔滑的藍色絲緞，彩雲、帆影，和一顆紅通通的落日，全像剛繡上去的。我聽到憑欄眺望的幾個年輕男女正俏皮的說著眼前風景：

「好大一粒紅湯圓，誰借我大湯匙，待會兒撈來吃。」

「嗯，恰當，你的嘴巴剛好夠大！」

「怎麼辦啊？太陽溫度那麼高，掉進海裡？豈不是連海水都燒開了？」

「快，快快跟我下山，到海邊喝鮮魚湯，免費。」

「鹹死你！嗳，說真的，海水怎會是鹹的哪？有誰知道？」

我笑一笑，不再聽他們異想天開的研究自然科學。我注意到石欄角落一個白衫白裙，纖巧秀麗的少女，正迎風梳理她凌亂的長髮。她很安靜，淡定沉穩的凝視著斜陽餘暉慢慢消褪，孤身女子獨自倚欄，我忍不住要把她想像成望盡千帆的春閨怨婦！看久了，暮色蒼茫中彷彿她的眉眼果真多出幾分楚楚可憐的哀愁。

而我的想像竟然非常準確！當我看到高山巖福德宮的指標上，通海洞、飛來石、萬年靈龜等介紹後找上山去；看完礁巖疊積裂隙的奇景，細讀牽強附會的神蹟典故，再回到福德宮時，那白衣女子也在，正伏首神殿跪枕上，長髮婉轉披垂兩側。

整座半人不小的土地祠，後半截藏入礁巖中，古榕鬚根攀附著岩壁，鑽入土石隙縫，廟祠只蓋了前半截門面，土地公就坐在垂榕巖洞最幽深處，長明燈影依稀，平添一股詭異莫測的神威！廟柱上對聯寫得好：高山建神宮，山中施法雨，七星礁石現蓮花！但看整個廟堂巖壁，神像衣襟，全教香火燭煙燻炙成黑漆漆的亮，便知此山神仙，果然靈威顯赫，頗有油水。

老朋友般，我朝著被燻黑臉的土地公點頭彎腰，打過招呼，自搬張椅子坐著歇息。那女子已站起身來，而我一眼便看到她頰上淚痕宛然，看入她微紅帶溼的眼睛裡，屬於少女情懷的癡心與不悔！

薄唇抿成一線倔強，微微下彎，就此洩露了愛恨交纏的祕密。失戀了嗎？情海波濤起伏，最易教年輕的心情沒頂，被遺棄了嗎？是哪個魯莽男子，放任如此嬌柔的女孩，尋來山中，獨對渺渺神靈，含悲泣訴情字磨人的辛酸？

她喃喃祝禱，擲筊，淚愈流愈急。等到她抽出來一支竹籤，按著號碼在小盒子中找出一張籤詩，微鎖眉結僵在那兒，我心急如焚，恨不能搶來瞧瞧。輕飄飄一紙玄機啟示，能否引她走出情愛迷幛？或竟是教她甘墜情網，自縛而無怨？

那癡情女子眼光在籤詩和解籤廟公之間遲疑著，終只是細心的把手中緣遇命定折疊，收入胸前口袋，下山！人間情事，道不完癡心，天上神仙原也只能搖頭。

從此，一襲白衣，逕行紅塵，歡顏或淚靨，都要她自己以削柔的肩背，承之！

石觀音青龍寺

另外的一種癡心，卻給了我光風霽月的感覺。車城福安宮看過淚水中的父母心，關山巖洞神廟有少女情執的悲絕，而石觀音青龍寺，幾位比丘尼遠離紛擾塵世，自在雲山深處，伴佛書寶卷靜度清秋長夏，更教我怦然心動！

她們執意守定道場，持戒修禪，而我輾轉人間世途，深情相看人心癡愚，一動一靜的聚散緣法，原若流水映月，了無痕跡。教我動心的卻是什麼？是她們這般無豔無華的生命驗證，和我這自謂山水男子的幾分澹泊性情相契合嗎？

不是！

佛堂背倚青龍山，龍頭東南虎山踞地逞威，寺前西南獅象二山相連，象鼻獅頭入海汲水，繚繞群峰之間，四重溪澹澹清波，攬鏡自照雲彩天光。如此秀異山水，偏立著這樣一間裸露水泥骨架的建築，突兀的標示著文明的冷硬和粗陋！

佛法無邊，頑石化現慈航寶像的奇蹟，雖讓山村以「石觀音」三字取名，顯然仍未招來多少慕名的各方善信施主，四年山中歲月，等待鑲嵌的瓦壁琉璃，經費尚無著落。幾位比丘尼臉上莊嚴清淨，行往坐臥，絲毫不顯寒酸，灰衲僧衣捲起袖口，開山築地種蔬栽果，都平常。

我知道，名山道場，有她們汗水滴落，終將成就靈山勝境！我也知道，教我動心的是合掌向我呼佛名問訊的這個比丘尼，太年輕了！

她眉眼清楚，若不是已斷三千髮絲，隱現大丈夫法相，應是鄰家姣俏少女的模樣！這樣的歲數，千丈紅塵才探得多少深淺？宿劫姻緣的情債又還了多少？怎有說捨便捨的智慧！我半生飄泊，萍蹤無定，仍甘受父母子女血緣牽扯，以多情回應紅妝知己的多情，是我執迷業障而不知？還是眼前執意入空門，橫心自斷塵世愛慾的少女，才是癡人？

我知我癡，愛思情想日夜焚心，總因一念未絕，長繫山外塵緣，而比丘尼磊落無礙，心心念念盡是阿彌陀佛，不捨和決裂皆源自多情，為什麼我面佛合掌時，卻有著自慚形穢的惶惑？

相借一本佛經，留下姓名地址以為憑證，循著荒蕪山路離去。路旁雜樹生花野鳥長鳴，遠處斜陽慨慨的，徘徊山海之間。唉！今夜，該得捎書向那癡盼郎歸的戀侶報說平安，或者說她仍是我紅塵最愛，再或者，問她肯不肯容我學學山中尼眾，從此入佛向道，尋覓另一種慈悲圓融的——癡！

一溪濁水起秋煙

廟很靜。

三足銅鼎穩穩站在案頭，看那香炷濃淡明滅焚燒。土地公僵著臉，兀自垂眉，可能是這般神思慵倦的午後，他老人家也不免要偷偷打個盹。

濁水溪北岸，集集大山蹲跪久了，悄然換膝，不敢驚動背上綿鬱的樟樹林。樹的枝與葉相互牽扯攀爬，一窩全睡入濃綠的夢中。

風最調皮，在溪畔蘆葦織毯處，招惹滿天飛絮追捕，又打個旋，沿途為沉睡的葉兒翻身，灑下一路黃熟的夢屑。接著一頭撞進土地公公的懷裡，把銅鼎內的香灰，撲得白鬍子上斑斑點點，像下了一場小小的雪花雨，有些許寒意。

打個響亮的噴嚏，我終於醒來，衣襟正淺淺鋪上細碎的落葉。

廟很靜很靜。

陰林慚愧祖師

高齡樟樹下，山路轉折處，總會有一間低矮的福德正神祠堂。白鬍子土地公慈眉善目，護佑過往人車無恙。

自祠前小涼亭的石椅上伸展懶腰，合掌躬身，向欲睡未醒的泥塑主人說些謝辭：「風萍偶聚，有緣前路再相逢。您老人家拄杖慢行，我先走一步。」戴好安全帽，跨上摩托車「追風」，飛馳而去。

水里、集集、名間，這條迂迴濁水溪北岸的公路，兩旁百年樟樹枝濃葉密，有「綠色隧道」之稱。而我剛自一個綠色的午寐醒來，循著這條山路，繼續我未竟的神廟之旅。

鄉下長大的孩子，不會淡忘喧天鑼鼓，氤氳飄香的歡悅記憶。每年廟神得道升天日，慶典裡的輦轎、鑾駕、刀梯、過火，把原本無爭無求的鄉居生活，攪入了熱烈狂放的神道色彩。平日菜脯漬瓜且先收起，換上豐盛的雞鴨魚肉，玩野的孩子最是高興，笑聲比鞭炮的炸音更響亮。

純摯透明的歡樂，隨著童年消逝。而即使在輾轉世途的流浪中，思慮逐漸深沉分明，知道天心難測神道無憑，對於樸拙子民，成堆金箔錫紙，滿桌血食供品，卻也不忍苛責，究竟，善惡因果戒律，是靠這樣的方式維續。荒荒歲月裡，偶爾一次盛宴，正堪安慰苦難的民心，又何妨？

長年異鄉僕僕風塵顏色，聚少離多的日子裡，慈母手中三炷清香，對我這遠方遊子牽掛多少心懷？因此，盡管一路思維不斷，盡是寬容無怨。

出了集集鎮，公路左側小徑一座牌樓，三個燙金大字：「林興宮」。引我入歧途的則是底下的「陰林慚愧祖師」六字。

只想印證鄉野俚俗流傳的神話；在曾經看過的誌異書中相尋，是那位神祇，躲入這山居僻野處獨享人間煙火？進得廟門，並不特顯華麗的神案布置裡，卻發覺這尊主神，面生得很。而偌大的廟庭兩側花壇，只有「砲竹紅」拎著串串燃燒的火把，喧嚷一些熱鬧氣氛。

正門一副楹聯：

林表矗神宮，千載英風瀰夏甸
與中懷祖澤，一溪濁水起秋煙

廟門坐北朝南，濁水溪終年潺潺流漾，愛這樣貼切情景，詩意的描繪。可是慚愧祖師是誰？何事慚愧？

魚池鄉有隆中橋，聳峙一座天下第一軍師廟。看過三國演義的人都可猜到，拜的是桃園三結義三顧茅廬才給請出來的臥龍先生諸葛亮。若以歷史野史推論，慚愧祖師會是誰？秦檜嗎？十二道金牌招回大破兀朮拐子馬的岳飛，風波亭裡令忠臣碧血灑梅花的秦檜嗎？是秦檜的奸，反映烈士磅礴的忠，可是，南宋半壁山河，因此盡入金兵鐵騎蹄下，遍野哀鴻，聲聲泣血劃破長空，秦檜若真在此坐享牲果金帛，確實該慚愧！

沒人解我疑惑，尋過廟前廟後內殿外殿，竟無立廟碑文。空讓一個問號鎖住眉頭，孤陋和寡聞各伸出一隻手指，羞紅了我的頰。

深山寂寂，蟬鳴嗤嗤嘲笑，突然發覺此地最該慚愧的，是我！

田寮龍泉宮

《洞冥寶記》上這麼說：「玄天七帝統虛危之二宿，居壬癸之一方，聖像披髮跣足黑衣，仗劍踏蒼龜巨蛇，從者執黑旗，是維正統。」

含羞逃離慚愧祖師廟，尋著公路旁的指標，朝訪這座供祀真武大帝的龍泉宮。並且流利的引經據典，先說說這個北方黑帝君的異像。

可是，當我面對當中神像合掌之後，抬頭一看，還是吃了一驚。雕身袍褶，破舊腐朽的痕跡宛然，非但不見足下龜蛇，連神像也只得半截。我的臉又紅了。

實在不肯服氣才疏學淺，再仔細唸著門上鏤刻黑字：

龍鎮田寮，恩覃瀛海嶠

泉流獅嶺，源溯武當山

沒錯呀！這暗嵌龍泉兩字的對聯說得明白，而且《史記》〈封禪書〉直指武當山乃真武昔日修煉得道之地。因何這雕像卻偏偏沒個神仙樣？

相詢廟祝，再對照立廟碑文，終於舒了口氣。不想複述老叟口中神魔鬥法的異事，是緣於「子不語怪力亂神」之訓，然碑石立字為憑：「昔濁水對岸，后埔仔蜈蚣崙陳姓妖師，呼風喚雨，荼毒田寮鄉民……」這神像在那次交鋒時法體受損，村人為了懷恩，不敕修安金，這尊玄天上帝，便以半截之身，受四方供奉。

遞給守廟老人一支香菸，聽他瘖啞的嗓音傳誦一百五十年前的傳說，浩蕩神威彷彿歷歷在目，不免問道：「阿伯，這款代誌您哪會知影？」他滿不高興瞪我一眼：「阮囝仔時代，人就是這樣說的。」

是了，就是這樣的緣故。

鴻濛莽野中祖先胼手胝足，為後世子孫闢出一片土地和萬方神話天空，還不懂得使用文字符號記述時，這些不同的神、不同的典故，便是一代代口耳相傳下來。父子、母女，像後浪接續著前浪，把神道思想的河流，洶湧成長江一般壯闊，綿長如無盡的黃河。在迭經朝代變換的苦難歲月裡，人心，依恃著這些神祇，艱辛困厄無怨無尤。

小時候，母親會抓住到處蹦跳的我，帶我到四合院正中央的大廳，面向彩繪的觀音菩薩和桌上鮮花果品，塞給我一支香，然後從背後把我的小手合入她的掌中，教導我如何禮拜神佛，我可以感受母親圈擁時胸懷的暖意，和那耳際喃喃祝禱的溫熱呼息。

童稚的我，看不懂「紫竹林中觀自在，白蓮座上現如來」的淵源，可是那個時候，我也不曾喋喋追問。母親，是我最最慈婉的神。

而我深信不疑！

松柏嶺受天宮

向還在嘟噥著埋怨「年輕人不懂敬拜神明」的老廟公致歉，並且留下半包長壽香菸請他息怒，然後揮手告辭。

由名間鄉循著八卦山脈南端稜線前行，兩旁層疊梯式茶園，自在向晚的微風中醞釀醇香，暮色已漸暗合，輕雲由山壑谷底升騰。朝著孤懸眼前的一輪紅日追趕，目標是松柏嶺受天宮——南投八景之冠。

穿越山門牌樓，登上松嶺，還來得及看到蜿蜒橫流的濁水溪，剛好淹沒最後一朵絢麗晚雲。台西平原縱橫阡陌融入初昇的月暈中，而受天宮，飛簷斜伸天宇，雕龍彩鳳剔翎揚鬚，輝燦燈影流轉中直欲破空而去。

面對令人震撼的情景，通常會因心生感動而瞠目結舌，說不出一句讚美的話語。幸好沉迷過章回小說，那些對仗工整的駢文麗辭恰能派上用場——盤龍柱，騰蛟門，壁畫祥禽瑞獸，樑雕奇花異木，好一座隱隱靈山道帝闕，真個是滔滔雲海接神宮。

金碧輝煌，美輪美奐，只是尋常房舍的讚語，廟宇會如此華麗，是因為千萬顆赤忱拙美的心，在一磚一瓦間雕琢虔誠，感謝冥冥中護持的情意；承恩神旨既定的機遇緣合。即使宿命唱著哀沉低調，環境陷入困厄絕境，確信靈威暗佑，草莽子民就可堅持一點生機不斷如縷！想到這裡，對神廟庸俗色彩的外飾，便能寬心釋懷了。

受天宮號稱全省道教總宮，每年農曆三月初三，接受全省進香團朝拜，甚是風光。樓下供奉衣冠整齊的北極玄天上帝，和其盔甲旗幟鮮明的黑衣部將。果品牲食排滿長案，燈火肅穆，香煙繚繞。相較龍泉宮悍厲的劫後法體，多一份莊嚴從容。想來千憶「化身」的各自遭遇，也有幸與不幸之分。

再上層樓，正門橫額：「靈霄寶殿」，道教至高無上的神駐蹕在此。鮮花素果霧氤煙繚，玉皇大帝撮長鬚慈眉慈眸，垂憐天地萬物。

或許是因為至高無上吧！這玉皇大帝的人間煙火奉祀，反而稍嫌冷清。統領八荒九垓五方五帝眾神列仙，伏妖降魔的事兒，自有手下代勞。神蹟被渲染後，鑼鼓鈸鐃的熱情指向執堅破敵的神將。梅山收七妖的灌口二郎神，托塔天王的三太子哪吒，這些神，在黎民眼中更像兄弟一些，可以把臂言歡，或者弄點小小的狡獪：「太子爺，殺了那狗精，咱請喝酒去。」而大帝呢？像威嚴的父親，教人敬仰而不敢親近。

虔虔誠誠的，合掌默立一會兒。走向迴廊，月光清淺如蓮，燈影人影迷離，柱上盤龍在夜霧中流動，似幻如真。飄浪他鄉的日子裡，抽離一個秋涼的午後，以神廟為驛站，作一次任情縱性的徜徉，一路在畫棟雕樑間，沾染神道狂熱，天心人心的思騰爭辯，此刻漸次沉澱清明。

不喜歡信耶穌的一個朋友，在回鄉時不肯持香祭祖的執拗，或許，能了解而包容，才可心神領會有情世界吧！偶爾歸返鄉間老厝，我不會拒絕母親為我祈求的香灰包，異地孤燈夜雨，一卷波羅蜜多心經，心無罣礙的寬懷，也能歡喜領受。

宮前廣場，還有夜遊者，正按著鎂光燈要把巍峨神宮存圖為證。把眼光望向遠方，丘陵谷底，散聚燈火灼灼如螢，那是斗南虎尾；那是霧峰南投，高速公路交流道路燈，簇簇列整分明，這綺麗而繁華的人間世呵，是我最愛的紅塵。入眼存心，我的膠卷是記憶，永不褪色。

告別松柏嶺時，秋煙初起，月華漸滿，而一溪濁水雲裡霧中，宛若一帶星光璀璨的銀河。

卷　四

魂夢駝鈴

曾在那兒，聆聽數年沙漠駝鈴，

天方夜裡花木紅牆深處的家，

是夢魂最愛跋涉的天涯。

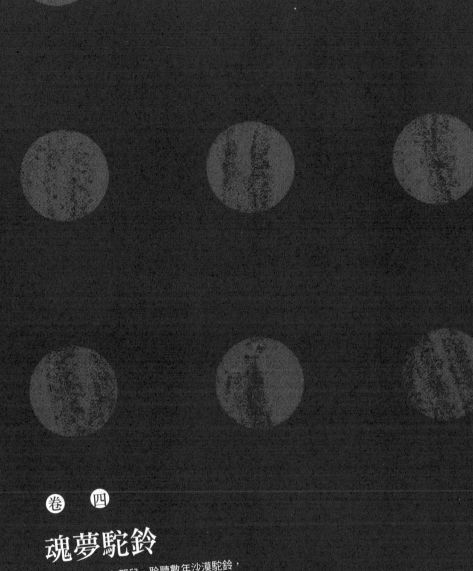

魂夢駝鈴

一腳踩定三年落塵。
諦聽一千零一夜的荒漠駝鈴，天方夜裡談的是海島處處風波的消息。

曦光

夜靜，風止，鳴禽都睡了。
波斯灣的潮汐，還在溼冷的海岸上來去輕吟異國風情。
守一盞不寐的青燈，恣意反芻著深藏胸腹的鄉愁，千萬疊關山外的海島懸念，濛濛漂洗羈旅的容顏，一卷長夜讀罷，竟是曙色將破的清寂，唯有如夢的垂睫依舊堅持它最後的慵懶——輕微滴答的錶指向凌晨四點。

揮手告別停留眉際那朵瘦瘦的雲，赤足走向沙漠，我是慣於漂泊的漢子，迤邐的履痕，婉轉闡述一路無悔。

（細沙正柔軟而冰涼的攀爬足踝）

四點半，日出的方向是科威特精神表徵的三尖塔，依然晦暗。前頭沙丘起伏如浪，波光瀲灩盡是殘月微明的嘆息。五個小時的時差，一萬一千公里的距離，遙遠如記憶的絲路。南台灣的港都豔陽，該已亮麗的照著倚閭雙親兩鬢環生的殘雲，盼遊子歸來的心情，是否和這沙丘月般幽微起伏？

老父親總說：「伊是浪子命。」多皺紋的笑意有走過歲月洞悉世情的認命。卻是安慰不了母親紅了的眼：這個在泥巴田裡愛拿棍和槍口喝的心肝，不再膩在灶邊乞食，這樣沉鬱的眼眸，那個什麼阿拉伯的風吹沙是怎麼折磨成的？

「這款頭路親像船員。」十幾年來，母親疊壓的心酸依然固執著些許的怨，也還是這一句話。拓荒的腳步踏遍他鄉山濱水湄，完成一項建設的綵帶和掌聲猶未飄起響起，另一個等待繁榮的荒漠又開始有了血汗滴落——屬於永生飄泊的工程人員。

南北高速公路闢地填土時，有我昂揚的笑聲串串灑落；桃園國際機場還在竹圍外的荒煙蔓草裡孕育時，不慣流浪的年輕歲月，僅隔百里，就把魂夢牽繫的家園，遙望成天涯。

乍一回頭，沙丘來路的足跡蜿蜒如逐波萍影，愀然流逝舊日滄桑。而今，去國萬里一別經年這些哀惋的詞句，縱或三更枕夢，再也賺不去熱淚滿腮。

三尖塔的霓虹逐漸黯淡，巴林島縱橫的帆影遮不住漸醒的曦光，沙漠的天空沒有多變的雲彩，天色就只是微微透亮著，單調得理直氣壯，像舒一卷寫意的潑墨畫，層樓霧影，任你黑白明暗自在品析。

（那水雲淒迷，絢燦多姿的海島旭日呵！）

灌木枯草捲曲成球或停或行的滾動，原本冰涼沙粒開始些微浮動的焦躁，不願讓沙漠迅急熾烈的晨光，潑一身措手不及的熱情，回轉身，營區的無線電架佇立守候如塔。

我是遠航盼歸的帆。

野牧

飛馳的車向西。

沙漠中尋一個卵石礦脈，比鑽探原油要艱難許多，承標科威特機場環道的六號高速公路，恰好需要六座高架橋，鋼筋混凝土的橋墩橋樑，都需要碎石，也不知殫精竭慮的勘測人員如何發掘的，碎石場離伊拉克邊界僅僅二十五公里的沙漠距離。兩伊的戰雲在可望及的天邊俯視為宗教強權翻滾掙扎的回教子民，不管靜夜裡閃現的流星是不是曳光彈；不管沉實震撼的砲聲如雷隱隱，我們只要石頭。

機械忙碌舒伸鐵臂，篩台日夜不歇搖晃黃沙，像淘金者熱切的冀望，卵石在輸送帶上珍貴如粒粒或大或小的沙金，在沙塵烈日下迸現喜悅的光采。

拋錨的推土機依倚著沙堆耍賴皮，「沒問題！」我說，紅色液壓油滴落如血，只像小頑童手指頭上傷口而已，還是要做功課，操作員像個無辜的母親般束手無策，這樣炙火般的烈陽也沒能曬乾他一臉汗珠。「沒問題。」我說。工具箱自車上搬下，裡頭排列內科外科手術器具，機械修護者一樣專治疑難雜症。

歸程仍是百里黃沙，無雲的碧空依舊深邃如海，午後沙漠沉睡未醒，車向東。

挨擠的羊群橫過公路，廣額深目的牧者，盤頭巾著白袍執長竿穩穩坐著單峰駱駝，黑紗裡身縹緲舉步相隨的女郎該是他妻子。是怎樣的一種緣合，做這樣一對曠野遺世的寂寞伴侶？日落後的野帳火光下獨對天地遼闊，這蒙面黑紗後的美眸，將如何訴說一夜的溫柔？

或者，唯有懶散風塵的駱駝頂下銅鈴，堪入夢魂？

沙漠花

穿越科威特市區，燈光霓虹一路相迎相送。

左側海濤輕吟曲折追隨，屬於夜的波斯灣有寧靜的漁火點點，辛巴達航遍七海的風帆，使枯燥的大漠黃沙，平添許多綺麗瑰幻的神話，在沒有原油帶來的文明衝擊之前，科威特依然在漁牧裡，古老的尋覓黃金彎刀，在一絲一線的手中編織飛行魔毯的傳奇。

而右邊的樓影在燈海裡喧嘩，原油產量世界第四的財富，把聯合國帶到這兒建了一幢代表和平和動亂的大使館。原是羊奶煮茶磚和烤麵圓餅的「落弟」，就可以咀嚼一生歲月的人民，開始用賓士轎車替代昂首闊步的駱駝，在街道奔馳。男人還是慣於頭巾白袍，只是圓圓的肚皮蹦緊了長袍的飄逸，神祕的蒙面女郎婀娜走過，竟都是熟悉的「迪奧」芳香。

夜市的街道，西方或是東方的櫥窗，都亮麗的拍賣著文明的誘惑，雜沓的人群一波波流水般洶湧而過：金髮碧眼的西方人，用歐美慣有的優雅，俯視哈腰的店員；同樣的白袍，同樣是回教子民的索馬利亞、葉門人，希伯來語系的詰屈爭辯，店員或是顧客，彷彿自有他們的一番親切。

只有，只有那些個魂夢牽縈血脈相繫的黑眼珠黃臉孔；那些個由東北吉林工作大隊，勞力輸出到這旱漠來的同胞，每一個拙樸呆滯的笑靨錯身而過，竟有回首無能企及的辛酸。

廉價的照相機，廉價的手提收錄音機，提在他們心滿意足的手中，是千萬里外秋海棠的鄉心；是泱泱古國遺世孑然的風采……怎會這樣？

車停「海盜船」，是半倚波濤的舊商船。

晶亮黃銅的螺旋槳葉已擺飾在一旁的人工花園裡，錨拋陸地後轉換成餐廳旅店，水手裝扮的侍者再無海潮鏤刻的堅凝，伸入波斯灣的船尾，任浪花拍擊古老的潮音，在衣香鬢影裡寂寞訴說重濤波阻的歲月。

遠處響起尖銳高亢的朝聖曲，有幾分擴音器的喧囂，圓頂拱門的「沙拉」堂前的織毯上，該有跪伏膜拜的人影。是對執劍捧經悍然傳教的回教先知的敬畏；也是對大神阿拉執著的虔誠，使這一朵阿拉伯半島角落上綻放的沙漠花，還能堅持淡遠不絕的馨音。

循沿海公路自三尖塔下經過，經過而已，流轉的人與事，飄揚的雲與煙，都會流浪成記憶。且讓高塔上旋轉餐廳的一帶霓虹，自去圈繫天方夜譚的歲月吧！

星穹

漫步於浪花湧來散去的海濱，還來不及琢磨夜空裡少了什麼，早現的星子就爭相湧入眼眸。

另一種漫漫鄉愁還是霸道的占據整個思維。秋海棠下根結相連的同胞呵！是啼血的子規，為什麼僅一海相隔的數十年，那些拙美的臉孔竟讓時光雕塑得如許畏縮？強國優勢外交還不能遮掩他們彳亍異國街頭的寒酸？

肌肉上的汗珠；沙漠烈陽下曝曬的身子，用漫長歲月演一齣淒苦的悲劇。北大荒的子民該如何在他國旱漠裡，懷想他們冰封千里的家園？

曾在熙攘的街道商店相遇，以親切的鄉音呼喚，像對荷鋤的隔壁叔伯般說些春水暖時播種插秧的事。再殷勤相詢多柳的長安和多荷的金陵是否別來無恙；長江兩岸永不潰散的河堤是否依舊圈住古國壯闊的山水——問著，問著，灞橋上的風雪煙雨迷濛襲上酸苦心頭。

提著廉價商品靦覥的手無處安放，僵硬的微笑成了臉上唯一的表情。這樣一張張烽火和風霜浸蝕過的歷史臉龐，偶遇的市街上心疼過；魂夢裡流淚過，像戀侶哀慟的背影凝視裡——無盡纏綿過。

白色長袍的店員習慣了這些光看不買的顧客，細微的幾分鄙夷是千萬根心頭的刺。捕捉住店員還能傾聽的風度，艱辛的解釋我們這些叔伯——叔叔伯伯節儉慣了，節——儉——慣了。

（為什麼你們口中一疊疊的 I see，眼裡還有嘲諷……）

有幾分怨，有幾分倦，不再漫步沉思，且看一會兒他鄉他國的星子吧！

奢侈的夜空像釘多了亮片的一襲絢燦戲服，俗得很。回眸可及的科威特市，燈海耀眼如浮華少年的狂妄，盡是揚塵落泥。玉龍堆外大戈壁內，中國也有黃沙如浪的瀚海，妝點著斑斕古意的容顏，像長者鬢角一片睿智的霜雪。

用凝實的腳，踩出沙灘上一個暗藏陰陽奧祕的太極圖，讓早起海邊蹓躂的「外國人」去鎖上眉頭一朵朵的迷惑，然後斷然揮別星空——

那些只曉得眨眼的小亮點兒。

月夜

抖落星塵，回返機場邊施工所的營區。

冰冷的沐浴之后，換一襲輕軟薄衣，在閱覽室裡讀一些一星期前的報紙，尋覓海島親切而遙遠的消息，或者到視聽室去看一卷沒有中文字幕的西洋錄影帶；康樂室的乒乓球在飛濺汗水裡閃躲，「史諾克」是狠狠撞擊後轟然迸散的笑謔聲。

熟稔的鄉音和歡樂可以紓解同事鎮日風沙的疲憊，自科威特市區披一身他鄉惘思的心情猶未平息，我需要讓冷凝的月色去沉澱心靈翻騰的塵波。

織錦星空裡月正如鉤。

沒有風骨崢嶸的梅樹；沒有深院清秋長鎖的梧桐。沙漠裡也不會有河水倒映的林間，讓騷人墨客去推敲清愁的詩句，甚至可蘭經的國度沒有酒，飛觴醉月的豪邁，只能在古典的詩詞裡尋覓。

向守衛營區門口的巴基斯坦工人打聲招呼，驚醒鐵絲圍牆灌木叢裡嘀咕宿鳥，泰國勞工的寢室處，喧呶呼喊一如往昔。三年來落足這一大片荒漠，月圓月缺慢慢變成鄉思迴旋的句點，鮮明的劃在輾轉流浪的詩篇上。

遠離萬里的蓬萊仙鄉，一樣有著一彎眉月，是誰將與我仰望清淺河漢共此嬋娟？清癯容顏已如久病漸深的懷鄉症，紅妝空幃落寞消減的兩頰，如何可堪浴月？

漸行，漸沉，夜如緩緩凝聚的怨和恨般漆黑。

月，如鉤。

故鄉心

子夜的歌，還是遠方縹緲的波斯灣海濤輕唱。

獨對枯瘦孑然的身影，任香菸自指縫裡嬝嬝升起。咖啡一杯，把夜淺酌輕啜成異國深更的清寂，幾分寧謐的悟，在微抿的嘴角綻放，像幽深古寺裡擊磬老僧慈悲含笑的浩嘆。

我在燈下，展讀一卷鄉心。

數著夜的呼吸，讓淡淡的輕巧的絲，蛛網般層層疊疊把心纏繞。溫柔的思緒裡有戀侶乍別時的淚靨；重逢時的歡顏，深悲極樂交相遞現的細緻表情，總在這般長夜裡如此放肆而甜蜜的刺痛著我。

如何告訴她：不要她有一雙盈淚的眼；不要她有一雙悲傷鎖住的眉。

如何告訴她，要她愉悅期盼的凝眸若清晨晶瑩的星；要她佇立守候的微笑粲若春花？

（隔個萬里雲煙呢……！）

夜在最深最深的時候，所有的相思都沉澱如心底頑強的垢，彷彿千年萬年之後，將成閃現愛情光澤的鐘乳石般，冷凝光滑攀附生生世世。

把燈的昏黃還給無邊的黑暗和寧靜；把慵倦的軀體交給柔軟的床墊，湧盪的深愁推拒
在輕闔的垂睫之外。

鳴禽，都睡了。

夢裡，默默垂詢著紅海落日。
在橫過沙質旱漠的半島風塵之后——
駝鈴可是唯一的鄉音？

日暮天涯

波斯灣和紅海之間，有一塊熱燙的土地。
曾在那兒，聆聽一整年的沙漠駝鈴，天方夜裡花木紅牆深處的家，是夢魂最愛跋涉的天涯。
流浪的歲月如酒，且執記憶之杯，傾一口芬芳。

春。過盡遙山如畫

誰能把一聲再見，喊得嘹亮清脆？
身為工程人員，汗滴過多少他鄉的土地，足下就揚起多少流浪的輕塵，早就習慣了。

再說，分派到沙烏地阿伯分公司上班，薪水是以倍數給付的，房子的貸款可以慢慢還清，妻將臨盆的小子，再用每個月寄回的美金支票，將之供養得白胖可喜。因此，當波音七四七在桃園竹圍的跑道上，扶搖直上青冥，俯視海島青山疊翠，白雲悠悠出岫，我還有鵬飛萬里的昂揚心情。

新加坡過境，免稅商店琳瑯滿目瀏覽過，暗暗決定回來時，該買些什麼以博得好友親朋的笑容。枯等四小時之後，我攤在膝頭的日記本只寫下一句：「再與見之間，是一萬一千公里，和三百多個黑夜白晝……」

「七小時直飛達蘭。」悅耳的中英文廣播女嗓，在安靜的機艙內迴響，窗外，新加坡的都市夜景，像極黑絲絨上的鑲鑽，漸高漸遠終付杳茫。旅途困倦如潮汐般，悄悄漫上眉眸，只那一串時空的數字，兀自在夢裡算計得教人心慌。

醒過來時，一隻柔軟的小手，正好奇的撫觸著我的臉頰，朦朧間，另一雙晶亮的大眼睛及時遞上微笑和歉意，然後，溫柔的呵斥著她那既調皮又不愛睏的女娃。

這母女是新加坡上來的，年輕纖巧的母親，稍黑的膚色，透著椰風銀浪的南國氣息。剛落座時，合掌頷首的一句：「索吧哩卡……。」該是中南半島的語系吧？

那些話，我聽不懂。只知道我開始踏入一個我不熟悉的世界。語言風俗民情，都將是往後一年裡，必須逐漸去讀懂的篇章。

凌晨三點，海島的春夜，應有幽寒，還透衣如水。這兒才下飛機，溫熱的風就撲面而來，冷氣機艙裡封骨的一身冰，逐一溶解，終於到了，這個沙質旱漠的國度。

機場大廈內，到處可見白袍男子昂首闊步，雪色頭巾上加一圈黑色束繩，紮住阿拉伯世界的神祕，更神祕的是那男子身後成排追隨的妻妾。一襲黑紗把所有婀娜全遮掩。黑白如此分明，這夫妻之間如何情牽愛扯。

倒是那席地橫躺著熟睡的過客，有幾許親切，一些些邋遢一些些憔悴，亂髮長袍未曾梳理，說明回教世界裡，還有太多質樸受困的子民，面對生活的苦難，認命無怨！

未出國門時做過種種揣測：沙丘起伏處駝鈴聲響，是最迷人的一幕景色，和眼前這午夜零落的達蘭機場，卻怎麼也搭配不上。唯有可蘭經的禁忌戒懼還在心頭。沉默排隊遞上證件；拘謹走出海關，接機的同事，喊著我的名字，一路飛奔而來。

終於用一聲長長的「喂！」迎向那山高水遠的呼喚聲。

夏。不恨天涯行役苦

算是暫時相忘，千重山萬重山外的家園。

達蘭一夜，向同事們娓娓訴說海島風情之後，就分發到沙國首府的利雅德，參與新機場施工。這個耗資鉅大；占地二百二十平方公里的國際機場，吸引十餘國，數千名工程人員，一起離鄉背井。

幾個月來，過的是日夜顛倒的生活。公司承接的跑道和停機坪，需要混凝土鋪築，而夏季火毒的陽光，會把剛鋪好的水泥曬裂，只能利用晚間溫度略低些時趕進度。生活是公平的，人和沙漠狐鼠一般，都必須知曉晝伏夜出。

白天，把風沙烈日摒在門外，冷氣宿舍裡，疲憊酸軟的軀體難以飛越遙遙鄉關。無夢酣睡後，又是另一個工作的夜晚開始。

黃昏，稍降的室外溫度計，還指著攝氏四十三度。厚夾克；紅白格子的阿拉伯方巾，把全身包裡妥當，墨鏡和礦泉水是一定要帶的。才出門，沙漠盡頭那一輪紅豔的夕陽，就彷彿火球般燃燒過來，挾著沙粒的風，熱辣辣得刺人。總要先尋著水管，幫停放在宿舍牆邊的吉普車洗個冷水澡，才敢鑽入車廂。然後，高唱〈熱情的沙漠〉，一路轉到泰國勞工寢室處載人，「澷哎！澷哎！」的上班去了。

那一句「嗦吧哩卡。」早就懂了，那是泰國人打招呼用的，「澷哎」泰語裡就是「工作」，倒挺適合這烈火般的沙漠。

十幾個泰工，唯我馬首是膽，朝夕相處的結果是泰國話說得比英文順溜多了。他們大多來自僻遠的鄉間，濃眉大眼雖有山林野氣，卻還不失其樸拙厚重。當他們抓到沙漠大蜥蜴時，也會盛情款款得非強迫著我喝一碗鮮湯不可，肉我是絕對敬謝不敏的。

這樣好滋味的異國篇章，並不難讀。

較難了解的是沙漠風暴。

環繞著利雅德的達納沙漠，黃沙隨著風向堆砌沙丘，細密處漣漪微漾，粗疏則恍若洶湧巨浪，在夕照下凝止成一座海洋——死寂滅絕的海的雕像。然而，它活了。開始在沙丘盡頭出現的一團烏雲，迅速漬染開來。把紅日吞沒，把晚霞塗黑，沉雷鬱鬱低吼，喚醒長眠的沙塵。羊群挨擠成圈，駱駝屈膝跪下，所有奔馳的車子熄火搖窗，靠向路旁。沙暴巨大的陰影終於主宰了天地。

自車窗向外窺視，急雨閃電相互追逐；灌木枯枝捲曲如球飛滾。沙石和狂風，聲色俱厲的搖晃車身。黃濛濛的眼簾之外，你永不會明白沙丘如何調整姿態。漫長的半小時裡，造化如砧，萬物盡芻狗。

一直不喜歡這般任憑宰割的感覺，只那種突起的震撼，像極記憶裡夏日午後的西北雨。可是，西北雨戲謔的越過你奔跑的小小身影後，海島白花花的陽光，會很快的，溫暖的擰乾你的童年。

這兒，只有重新排列過的沙丘，和你默默相覷。

秋。一片月明如水

車流人轉的夜街上，一樣霓虹。

交通車停放在斷頭廣場旁，這個廣場，是可蘭經執行戒律的地方。雪亮的彎刀斬落太多人頭，曾經飛濺的震慄，把此地凝聚成「秋決」般肅殺的氣氛。目睹過因偷竊而砍手的行刑場面，救護車、麻醉針藥，和在一旁等候的醫師，雖然彎刀依舊森寒無情，卻已添了幾許文明的悲憫。

緩緩吊上高桿的手，瘋狂鼓掌的人群。果報的揭曉，如此鮮明可怖，還是令人難以接受。而中國，古中國君王無道時，虐刑加諸人身的磨難，又何嘗少了？

可是，我知道，水雲淒迷的海島，此刻有著令人心安的霓虹，比這都市更明亮。跟著識途的同事走，老沙漠的他們，曉得利雅德哪條街賣哪些東西。「女人街」又叫「黃金街」，銀樓服飾化妝品和女人全擠到這條窄小的巷子裡。蒙面女郎娉婷走過身邊，罩體的黑紗斗蓬總揚起濃冽的香風，領隊的丈夫，毫無吝嗇的買下串串珠玉金鍊，或者，花顏雲鬢上，也該有一支金步搖好綴飾夜底旖旎吧！

挑一瓶迪奧香水，選盒聖羅蘭粉餅；東方五號的唇膏，是妻最適合的顏色。

批發百貨的市場，蒸騰著印度檀香的煙霧，韓國人參、波斯織毯、東方西方的櫥窗，擺滿夜市的繁華。招攬客人的店員們，都是拗口的直呼國籍，大夥才剛逛進去，「TAIWAN」的喊聲此起彼落。「多少買一些吧！」同事說：「每一次都有歡呼聲迎接呢！」

只那騎樓下的女郎沉默無言，椰棗乾、南瓜子、口香糖和礦泉水鋪陳在攤開的方巾上，深黑皮膚的小女孩，緊靠著母親身畔，隨著人潮游移的眼波裡有著畏怯和淒楚。

十里亞沙幣，換來一紙袋的開心果，和那小女孩細眉舒展的笑容，看不見她母親黑紗後的神情，想來這樣純摯的小欣喜，母或女都能相互體會。

走出織亮燈光的夜市，一座圓頂清真寺，正播送著擴音器高亢的嘶喊。「呼拜塔的『穆安津』，叫信徒們晚禱。」老沙說。商店把客人趕出，一道鐵門分成室內室外，而跪伏膜拜的人影，所有的虔誠都朝同一方向——遙遠的麥加。

我也有一座不朽的城。在漸走漸遠的別離時光裡；在繾綣風沙的疲憊後，夜夜呼喚。有些意興闌珊了，而阿拉伯大餐的提議，及時熱烈通過。小餐館裡坐定，點幾斤烤羊肉，渾身酥香油膩的廚師倒也勤快，不一會兒功夫，一大盤裡頭有洋蔥、番茄、碎羊肉的大餐滋滋上桌，撕一塊蕎麥烙餅，包一塊嫩羊肉，桌上土黃紅褐各色佐料任憑沾惹，嚼一口，辛辣鮮香撲鼻，一餐下來兩頰腮骨全酸了。

餐後的冷飲是連皮帶子榨成的柳丁原汁，直酸澀到心裡頭，這滋味，連「老沙」那冷淡風塵的眉頭，也輕輕皺了起來。人海如潮，寂寞獨深，天涯行腳的路上，任誰都得嚐嚐這一番酸苦，只是，偷偷的把它藏到午夜夢枕中，自去輾轉反側罷了。

回程的交通車，行走在夜的沙漠上，映著濛濛月光的沙丘，幽柔微漾至遠方。那兒會不會有遲歸的牧者，駝鈴聲聲「伶仃」的正尋覓著，野帳溫暖的火光？

已是秋深，星穹月明如水。

冬。朔風吹散三更雪

航站大廈的鋼樑漸次搭起，皇家停機坪裡，呼拜塔和機場塔台等高疊建。供伊斯蘭教徒乘客祈禱用的清真寺，渾圓的寺頂開始鋪貼精緻的宗教圖案。原油帶來的財富，逼使海市蜃樓轉眼成真——要多少工程人員？多少飄泊歲月？

冬天的沙漠，已藏不住熱，白天烈日焚沙還在煎烤，太陽一落，風便幽幽的淒涼起來。夜班終於結束，因為很難適應溫差的急遽變化。

閱覽室的中文報紙、武俠小說；康樂室乒乓球和幾桿「史諾克」是下班後最好的消遣。可蘭經的國度裡，尋不來解憂的杜康，有些人只好守在辦公室裡，等著打長途電話，強顏說些歡樂。一線牽繫著海角天涯，欲卜歸期的溫婉相詢問，透過迢迢萬里，總有幾許模糊嗚咽。

接過一次電話。妻的嗓音，在話筒那端清麗響亮：「你有一個四公斤重的胖小子了。」忘了如何嘮叨得語無倫次，只那一句母子平安教人放心。掛斷電話後，奔跑成一路沙塵滾滾，到福利社買了一大箱餅乾可樂，逢人就送就說。那一夜，同事和泰工回送的水果堆滿寢室，我一個月都吃不完。

果香猶未消散，越洋傳來的電報交到工地上風沙中的我。

正午的陽光亮得使人昏眩，平靜的把手下泰工分配好工作，開車回到宿舍，上衣口袋裡尚未拆封的電報，像一則待解的宿命，和我息息相關。父親一世莊稼，在泥巴地裡撐住一個家，多年來纏身的胃痛，是過度勞累的結果；母親慈藹無怨尤，血壓一直偏高；還有老祖母，庭院那顆芒果樹下，亙長獨坐的一襲黑色唐衫……所有曾讓大漠風沙，遮斷在雲山遙處的親人容顏，都到眼前。

空曠的寢室無人，淚水獨自奔流！阿嬤！阿嬤！妳那個在國外的大孫兒，把沙漠哭成雨季，孤墳萬里，卻怎麼也滋潤不到了。

只要這一季冷冷的冬天過去，阿嬤，妳竟等不及嗎？明年春暖，妳的孫兒就要大聲向妳說一遍遍流浪的故事；會一顆顆撿拾起，落滿妳白髮上早開的芒果花。

職業牽絆，雖是注定此生飄泊的命運，悲離歡合的情緒，原來步步相隨，曾經踏遍海島山濱水湄，從這一鄉到另一鄉，相隔百里是拓荒者可以習慣的距離。可是，這個天方夜譚的國度裡，此刻沙塵煙漫，我尋不著傳說中飛行的魔毯。

那一聲再見，要如何喊得嘹亮清脆？

愛抱著孩子，走上鄉間田埂小道，看那熟悉的平原落日，在水田盡處燃燒。新插的秧苗在眼前鋪展成大片綠茵，蓊鬱的竹林深處，家是那一角紅牆，回眸可及。穿越記憶的絲路；異國荒漠的駝鈴，漸行漸遠——

晚風未消春寒，孩子不懂日暮天涯的心情，在我護著的胸懷裡，把眉眼都睡朦朧了。

飛夢天涯

重逢，這兩個字，乍看之下就教人生起一種苦盡甘來的感覺。

詩詞曲賦盡多聚散的心境，盼重逢的字句描述，既哀怨又動人。如果主角恰好是一男一女，感情已到了可生可死的地步，因故乖隔的日子裡曾經千呼萬喚過，千山萬水也輾轉跋涉過，那麼，這一見面，須得提盞銀釭來相照，才敢確定相逢非夢中，算也是很自然的反應，而且，挺美的！

孰不知跟愛情沾上邊的重逢，美則美矣，卻最是禁不起時間的折磨。像中國民間故事的搬演，大團圓後敲定鑼鼓，戲就散了，誰也沒去管是不是真的「從此過著幸福快樂的日子」。那個王寶釧，苦守寒窰，十八年歲月，把原來嬌滴滴的相府千金，弄成一個撿野菜劈柴燒火的歐巴桑，重逢是重了逢，只怕滋味大不相同。更何況那殺千刀的，身旁還站了個新鮮嬌嫩的代戰公主！這苦盡甘來是從何說起？

「便不重逢也罷！」王寶釧會不會興起這種念頭？無法考證，連著幾日來，我倒是天天要把這句話嘀咕幾遍。

縱使相逢應不識，塵滿面，鬢如霜，這些詞兒說明，時間是如何驚心動魄的把重逢的欣喜，變成了控制不住的唏噓！近代史上最大宗的聚散案例，讓千萬人阻隔在一峽離亂煙波中，闊別四十年後重相聚首，如此烽火戰禍的歷史悲情，說它不完！我只說我，就憑這些天來生張熟魏送往迎來的生活方式，也盡教我對重逢這兩字，別有一番感觸了。

話從我離開「水里」說起，羈旅山中小城三年後，隨著工程結束而調回公司待命，只能算暫止飄泊而已，像倦了波濤的舟帆，避入港灣加油添水，明朝仍得再度啟航，各奔東西。

國內、國外，公司大概超過了二十個新舊工地，因為技術交換和工程需求，也總有十幾二十人會在調派室裡碰頭，那自海外荒漠返國的天涯遊子，衣襟袍褶裡彷彿還抖得出遊牧沙塵，有工地濱海的，迎面撲來一陣海風的鹹腥味，不算稀奇！我自山中回到這沸騰紅塵，眉眸自是帶出來幾分困獸般的獷莽野氣。

這點倒是別人看出來的，我才踏入門，那人觀察一會兒就伸出手來說：「嗨！陳兄，真久沒見面，一看就知道你到山裡修練去了，怎麼樣？唱首〈那奴娃〉來聽聽。」

乍然相逢，實在記不起眼前這麼熟絡打哈哈的胖大壯漢是誰！怕失了禮數，我熱情的說：「啊哈，你，你，你，你就是那個——啥郎？報名來！」

「我阿龍啦！桃園機場開工時，我駕駛一部挖溝機，三兩天就去找你麻煩，想著沒？幹！你記性有夠好！」

我終於想起來了！那個大畫家，瘦瘦弱弱的高個子，靦腆怕生的樣子最惹人疼愛，他的挖溝機故障，進修理廠找我時，客氣得要命，前前後後的謝謝，隨手收拾裝訂，就是一部禮記。

當時未曾交心，十數年來說散就散了。飄泊性質的拓荒工作，任誰都得學會不把聚散的心情面目，鏤刻入夢魂，年輕的熱情，也就在沉深遲緩的歲月裡逐漸消磨。記得他下班時，常常揹個畫架，自去塗抹蔓草荒煙的斜陽景致，問他如今還畫不畫？他說：「沒啦！你看看我的身材，有哪個當畫家的能肥成我這樣子！」

瞧著他，粗豪爽朗的這個洪金寶，往昔的憂鬱和浪漫離他好遠。還好，至少這樣的重逢，給人一種營養良好的歲月印象。

我抱拳，繞了半個圈，將待命室裡的夥伴，不分生熟一網打盡。我說：「各位，久見，新春大發財。」旁邊有人遞過來一支菸，開口說：「陳仔，你打算選議員呢？用這款步數，抽菸啦！」

這個人我相當認識！和他對吐著菸圈，看著那眉間眼底沉沉鎖住的窒鬱，我考慮著該不該表示關心。幾年前，就聽說他在一次工作意外中切斷一條腿，如今裝設義肢，行動大受限制。常年荒山野嶺攀爬慣了的人，硬生生的被壓伏在辦公桌上，紙筆文書的做那行政工作，他意志漸消沉，形容已憔悴。深深深深的看著他，我彷彿看見折翅的鷹，絕望的攀住冰巖冷木後，銳眼翳上的慘淡！

拍拍他的肩膀，我說：「好朋友，渺渺天心，世事難憑難料，碰上了，但留有一口氣在，兵來將擋水來土淹！」

他的菸癮極大，整個人吞吐在雲霧中。只聽他語絲迷離：「我知道，陳仔，你講的我都想過了……」

寒水孤舟，多少樓台煙雨！我不愛他繁華落盡的滄桑，卻深切明白，那次噩夢般的意外傷害，對他打擊有多大！無法體驗他肢體剝離時的巨痛，又怎忍苛責他連心也碎沉的無奈。

竟是不敢重提當年共有的記憶！猶記相偕垂釣山溪，他在溪畔大石上，教我如何站穩國術裡的金雞獨立，比較他的窩心腿和我抬腿下壓的優勝劣敗。說得興起，溪畔就成了北少林拳對抗跆拳道的擂台！這些都不能提，往事像遙遠邊陲那盞昧昧不明的燈，徒增他回首依稀的酸楚。

這樣的相逢，有什麼好？

更難堪那乍相逢，又驚別離的情緒縈迴。才聚了沒幾天，一紙命令下來，就這麼做了分飛燕，要調工地的人，呼呼喝喝的在待命室裡大聲宣布：「眾兄弟，北二高工地要人，咱若有緣，龍潭再相會。」

身似楊花，飛夢天涯，這一去，風流雲散了！誰要搞不清楚在那兒長亭短亭折柳依然，算是他自個討來的苦吃！

有個人不肯走。調派的長官催過幾遍，每次他從辦公室出來，總是哭喪著臉，哀聲嘆氣。他找到我，要我幫他寫報告，申訴不能出工地的理由，我說：「劉老哥，這兒離家近，卻不是久居之地，沒有特別事故，上頭可不肯留人。」他拉我走出室外，尋個樓梯轉角處坐下，他鬱積的開了口：「小陳，不是我不肯走，我只想找個離家近一點的工地，我總不能把三個孩子丟給老母親！我……剛辦了離婚。」

他說起人在工地，留下妻兒老母守著家，孩子上學，妻子上班，母親打點內外，原本一家人還算和樂，誰知妻子卻和她的男同事譜出軌外戀曲！一向精明果敢的妻子，有了新愛，對待婚姻舊情的態度，竟是天地俱焚般的決裂，連骨血兒女的親情也喚不回頭。他說：「這女人橫了心，瘋啦！小陳，她承認一切錯誤，我說過不追究，她仍跪著求我硬要離婚，寧可什麼都不要！」

誰也不懂這世間有沒有這種毀天滅地仍在所不惜的畸戀，這女子會不會如他說的，後半生將浸在悔恨的淚水中度日，也沒人知道。至少，眼前男人的一個家，毫無跡象的毀於一旦的事實，慘烈驚心！他口口聲聲說的是拓荒職業的聚少離多，造成他目前的困境，所有能勸慰他的語言，都無濟於事。

我幫忙寫了報告，呈遞上級，他算暫時留了下來，這幾日來，我成了他萬般辛酸心事的沉默聽眾，陪著他也不知嘆了多少氣！

長恨入心似水，等閒平地起波瀾！紅塵濁浪滾滾，偏他泅泳得好辛苦，哎！

我想起自己一路流浪下來的歲月，沙烏地、科威特的荒漠沙塵沾惹過四年，海島上中南北山山谷谷十幾年來幾乎踏遍，總是一個人獨攬夜雨他鄉的滋味，品評山水眉睫嫵媚處。塵緣牽絆或有悲歡，我以稿紙和筆記錄成冊，父母妻兒，早已甘於承受我這屬馬的奔波命運。我的生命若是一首歌，噠噠的馬蹄聲用來打節拍，再恰當不過了。

相較自己的輕快流暢，卻是不忍夥伴們沉滯的腳步，是真不忍，在重逢聚首的短暫時刻，我看到許多因歲月與生活交揉磨損出來的憔悴人臉，而這樣淒苦的人臉飄流如萍，漩渦急潮的時間長河裡，只來得及揮手互道一聲珍重，期許他日緣遇，再剪燭西窗！

然則，誰能預料別後相見何時何地？待命室裡聽來幾個熟悉而遙遠的名字，他們已提早放棄人世糾葛，任憑月落星沉！依稀當年曾經笑臉說別離，怎知一別，竟是天地低昂的永訣！水酒一杯，向黃泉何處？情呵！何堪！

果然自討苦吃了，我。

回到待命室來，正是偷得匆忙浮生裡難得的清閒，我幹嘛去管什麼重不重逢的問題！明兒起吧，我將拿副棋來，尋幾個璇璣智者，好好印證胸中丘壑，換過另種心情面目，品茗清談，且作無事人。

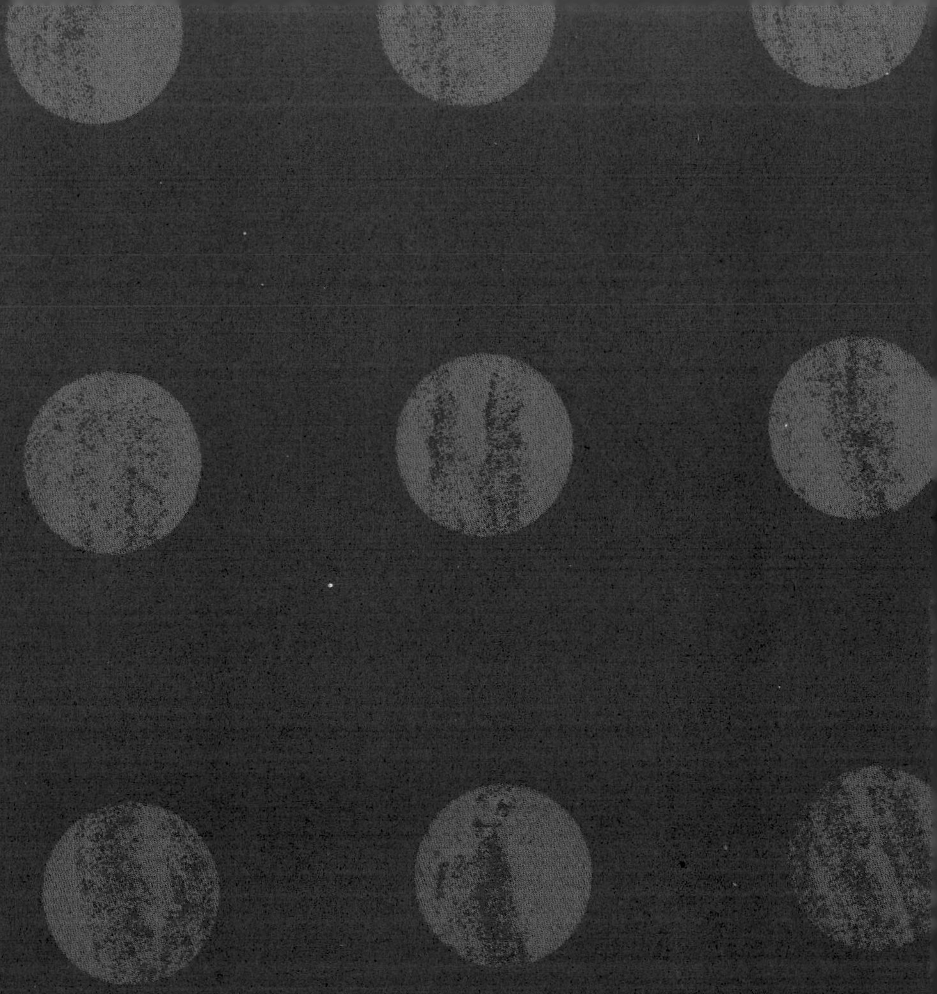

卷　五

古月今塵

突然，眼角瞥見洛水波光中

倒映出一襲水珮風裳的絕世姿影，

嫦娥！是嫦娥！

逢蒙勒韁，指月大叫：「老師！」

棋經

車馬象藝，乃我古老國粹之一，據說創始於周末，流傳至今已二千餘年。也有人依棋盤上楚河漢界四字，推論象棋乃韓信替劉邦打天下時所創，以為兵荒馬亂之餘作軍中戲。說將士一迷棋道，則啥個征戰風霜、逆旅悲情全可拋到九霄雲外，正好專心運籌帷幄逐鹿中原，兵卒下起棋來了，可以不想家不相思，決陣破敵就沒心軟手軟的毛病。結論是——楚霸王英雄蓋世，垓下一困落得烏江自刎，應該跟楚軍不懂棋戲大有干係！

我喜歡下象棋，因而能了解下棋的人。所謂泰山崩頹眼前，麋鹿呦鳴身側，都能目不稍瞬了，遑論區區四面楚歌？但我對考證沒興趣，我愛的是推演深奧、變化無窮的局局玄機中，暗含細密、粗疏、精猛、虛妄等諸般人性，而且毫不保留的在拈子落子之際洩露出來，想看透個人，沉默無聲的一局棋，簡直比促膝把手囉嗦了千言萬語還管用。

別研究紫微斗數麻衣相法啦！來盤棋吧！

棋友篇：下棋的丈夫最安全

棋盤上勾心鬥角互相攻殺之後，若還能交成朋友，這朋友就絕不會在現世生活中再來算計你，此謂之棋友。

我只有一個棋友。

他是小學老師，外觀幾分童真掩蓋了許多真相，誰也看不出他思慮之沉潛深遠。高雄縣教師盃象棋賽每年舉辦一次，他冠亞季軍全得過。走子明快，有膽有識，雄奇細膩兼俱，是棋風也是性情。平常只要老婆心情好，他就會在老人亭或體育館裡遍訪豪俠隱士，切磋一天半天的棋藝，贏多輸少難逢敵手，頗有高處不勝寒的寂寞。

直到四年前遇上了我！那時候我剛自沙烏地阿拉伯回來。當國外工地數百位中國人裡找不來手談的對象，而我又不肯在麻將牌九中同流合污時，我一向以橘中祕、梅花譜等棋書推演古人智慧，消遣他國荒漠長夜。同事看我自打棋譜，最愛笑我是個夜夜磨刀的男人。

一個暗藏寶劍，心懷明珠，一個算是千軍萬馬中向風沙執戟的戰士，兩人刀兵相見後果然惺惺相借！四年來固定一個月交鋒一回，勝負皆做記錄。剛剛計算了一下，目前三百二十局中，我小負五局。

上次教師盃棋賽，他自己報名圍棋，幫我報象棋，理由是兩人如果不錯開來，難保初賽就碰頭，誰淘汰誰都可惜。結果他圍棋拿第三，我在幾十位高手中過關斬將勇奪銀牌，算是沒辜負他慧眼相加。至於較大型的三縣市獅子盃棋賽，我倆最佳成績都僅打入前八名，即成被斬之將！

如此棋力，再誇張的坦白話也只能說：「才入門而已。」琴棋書畫等藝術之博大精深，欲窺堂奧談何容易？幸好我倆都有自知之明，也不急，說好一直下到退休後才放手鑽研琢磨——不信鐵杵不成針。

擊掌一諾，彷彿再不怕晚景淒涼！有時棋下晚了，臨分手各自擔心老婆的臉色，相互肯定下回續戰之約時，難免同聲一嘆：「現在退休了該多好！」

嘆嘆罷了，我們當然不會為了下棋怠忽養家活口的責任。他面對孩童依然循循善誘，我仍過我工程人員的飄泊生涯，而我們都能相互了解：紅塵多少燈紅酒綠處，吸引浮華人心沉淪，我倆不會！誰要分了心，下回誰就輸棋。
棋盤千仞，車馬兵卒羅列森嚴，便足夠抵擋滔滔橫流的慾望洪波。學琴的孩子不會變壞，這句廣告詞許多人認同，下棋的丈夫最安全，天下為人妻者更不可不知。
下回若丈夫吵著上棋社發揚國粹，相迎相送時請含一朵微笑，則棋道幸甚，棋迷如我倆者幸甚。

棋品篇：真君子與大丈夫

棋道擺明了怡情養性之用，連不下棋的人都能唸這麼一句：「觀棋不語真君子，起手無回大丈夫。」此正是棋手戒律之一，奉行一久，氣質風骨自然秀出群倫！
有人會想：站在一旁看人下棋不講話就能當真君子，那也太容易了吧？別忙！請先聽個笑話。
某人觀棋，技癢難熬，品評動口指點動手，眾皆厭而驅逐之。他自知理屈，賭咒再不開口，若再開口願家遭天火！及至緊要處，他搔首抓腮坐立難安，終於忍不住按住下棋者雙肩推而搖之，大呼：「跳傌，跳傌呀，你跳了傌，我馬上回家救火。」

笑話雖有幾分渲染，但真君子之難由此可見。棋盤上兩軍對陣，所謂「一將之閒，可定全局」、「一相之飛，能撐半壁」。眼看著一方一著未及深思，便是傾國傾城之禍，你跳不跳腳？衝出一句話，烽煙中塗炭生靈立解倒懸，這句話你真嚥得下喉頭？所以，棋中君子應是天雷地火幾番生死中，才能淬練出來的一種坦然執守不得不失無怨無求的生命態度，除了這種君子，站在棋盤邊不講話的，就剩下不會下棋的人了。

相較之下，當今急忙忙的社會形態中當大丈夫則容易許多！青春韶華，情仇愛恨，這世事原就起手無回，誰有那閒功夫拿來後悔？悔棋是古人多情不忍的心性在作祟，一著錯棋，便要二郎擔山目連救母捨生忘死的企圖扭轉乾坤！笑話說順了口，再舉一例說明：某人偶入荒山，路旁草亭見一未終棋局，仔細觀之，獨缺一「包」。正自沉吟，忽聞山徑一側淺溝中傳來咻咻鼻息，撥草尋之，卻見兩樵夫牽裳扯袖拉手絆腳滾成一團，搶一枚棋子。原來一人要悔，另一人硬不讓悔，方才搶乏了略事休息，這會兒又開始爭執起來。

真心疼！原來有憨直到如此程度的棋手！煙波釣叟不識字，雲霞樵客想來也讀書者少，不懂起手無回大丈夫的道理，沒關係！只那堅持悔與不悔的執著，足見深情。現代大丈夫拿得起放得下，我可不欣賞這般誚冷決裂的手勢。

別管我厚古薄今！棋品最高境界當然是真君子和大丈夫的道德性格兼而具之。這樣的棋手下棋，絕不會因輸棋而怪股市狂跌，逼著財政部長下台，也不會怪對手居心險惡，影響世風日下，搶銀行的抱小孩的什麼壞事都有人幹。棋只是棋，大丈夫輸就輸吧！坦蕩蕩的君子舒眉一笑推椅而起曰：「高明，高明，下回再來請教！」

知道嗎？冠亞軍賽那一次，我就如此這般有風度的向對手抱拳認輸！不過，第三回合決勝負時，圍過來看的人實在太多，把吹給我的冷氣全擋死了，最要命的是身後那人又抽菸又咳嗽，吵得我頭昏腦脹！冷氣室裡抽什麼菸嘛！對不對？二手菸會致癌的普通常識都不懂！碰上這種人夠倒楣吧？不輸棋才怪！

棋俠篇：英雄磨劍，及鋒而試

英雄磨劍，當然要試試鋒銳！我是逼不得已，才肯一個人左手跟右手下。因此，只要抽得出時間，我會大街小巷亂逛，看到人家矮簷下有老者對弈，便如獲至寶，免不了趨前藉問路之名，行觀棋之實。耐性夠的話等個幾盤就能開口：「歐伊桑走棋真穩，咱來試一盤甘好？」

有時候是下班時間，路經檳榔攤或廟前涼亭，偶見有人鬧中取靜閒敲棋盤，我也會湊過去，照前頭手段施展，一回生二回熟，終有入局的機會。

幾年來，三山五嶽四海八荒算算也會了不少草莽龍蛇。整體說起來，下棋人口年齡層偏高，小孩子大概才藝班補習去了，沒補習的電視和電玩才吸引他們。年輕學子更不用說，為了一道大學窄門，豈敢分心旁顧？棋道式微，恐成定局……扯遠了，不提這些！

和老人下棋，我有分寸！看他們執棋抖顫欲落，我絕對留有餘地，走一步軟著，故意錯手再做懊悔狀，小勝兩局，大輸一局，常可令老懷堪慰，沙沙啞啞笑呵呵。遇上挺胸凸肚，落子雷鳴霹靂，得勢暗嗚叱咤的中年壯漢，我偏不讓手！總要讓那狂妄慣了的人知曉，人間世事，不如意者十有八九。難得有少年知禮，自稱後學末進，硬要請教幾把，看他出兵躍馬磨刀霍霍，我會慢些收束羅網，任初生之犢衝撞！人生如棋，一路風刀雨箭，他哪能懂？我只多給一份疼愛罷了。

路邊棋場一走久，也會走到盡頭。棋諺中有句話：「棋差一著，滿盤皆輸。」雖說我刀劍交加之際隱含慈悲，他們究竟也能體會挾泰山委實不能超北海，現代人怕辛苦的居多，寧願棋力不再寸進，也不肯實踐失敗為成功之母的人生信條，我只好另起爐灶。

我開始往公園跑，大都會剩下這麼丁點綠地還能供人呼吸休憩，沒替兒女看家抱孫子的老人們全擠到這兒來。不下棋的獨踞張石椅闔眼打盹，在淺淺的夢中追索已逝的韶光遊跡。下棋懂棋的老人東一堆西一簇圍觀奕局，正忙著眼前如何逐車逃傌，論棋走棋聲潑潑辣辣，薑桂之性猶在。我喜歡！喜歡老人們有所執著而忽略了斜陽餘暉正一寸寸自他們微躬的肩背上撤退的真相。

在這圈子裡，我從不主動邀戰，怕受不起他們脫口說出「英雄出少年」後，蕭索的神情。

棋藝篇：手中無劍，心中有劍

楓火流丹，西風摧木，一聲雁唳啼冷高空！

華山之巔，論劍台上，秋氣和殺氣都已到十分，引頸翹望的江湖群豪在霜寒中不安的騷動低語。

華山論劍已近尾聲，「靈蛇」柳迎風，「鶴羽」白雪衣，誰是當今劍王？台上雙雄對峙，一青一白的身影不動如山。

幾葉離枝凋楓被捲起，撲向靈蛇眉睫！柳迎風一拍腰際，銀蛇劍幻起一溜厲電，楓葉散碎恍若漫天血霧，場中霎時落針可聞。只聽得他陰惻惻的聲音：「此劍三尺三寸三分，緬鐵精英所煉，至剛極柔，鋒利無匹，曾飲武當七劍中六人頸項熱血。鶴羽！拔你劍來！」

白雪衣展唇一笑，笑容宛如雪嶺冰岩上映照的第一道陽光，燦亮、清冷、無聲！群雄屏息以待。鶴羽一字一頓道：「劍已在！」

靈蛇如中巨杵，身形搖搖欲墜。顫聲問道：「劍在何處？」

「手中無劍，心中有劍……。」

以上純屬虛構的武俠情節，誰是劍王已經水落石出，武俠小說近來流行這麼個寫法。可是「心劍」為什麼會讓敵手俯首稱臣？老實說我一向似懂非懂，直到有一次在棋盤上印證過，才恍然大悟。

我永遠記得第一次嘗試「心棋」，那種既震撼又奇異的感覺。

起因是我看不慣一個盛氣凌人的同事贏棋時說：「這款青瞑棋，還敢出來跟我比！」我在一旁應了一句：「別瞧不起盲人，棋力好，不看棋盤照樣可以下。」那人反唇相譏：「聽講你棋真高，你目睭別看，試一盤看覓！敢──不敢？」

棋譜打久了，拂亂棋盤後，我的確能憑記憶再一子不差的擺回頭，但，心棋──我倒抽了一口涼氣！實在看不得那人耀武揚威。我頭一點，眼一瞪，說聲：「來！」同事們頓時寂靜無聲，幾乎跟前頭武俠小說的情景一模一樣。

背對棋盤，調勻呼吸，我盤膝而坐，開口砲二平五，以先手列手砲和對方展開搶攻。開局幾步棋後，我發現自己成了透明人，可以由胸口看到後背再直視棋盤布局，再隔一會兒，我竟然看到了趺坐的我，看到對手皺眉苦思的表情和同事們或站或蹲的姿態。中局攻殺時，紅黑雙方各子在棋盤上纏鬥的位置和動向，更是清晰無比！

下一盤閉目盲棋，文學上所謂心靈的眼睛，佛門禪定，道家靈魂出竅這等玄之又玄的境界，我彷彿觸摸得到！在那全然專注的寧靜裡，我心靈澄澈若潭，雲影天光中游魚可數！因而不但自己心思活動駕馭自如，對手棋路的意念軌跡，更是瞭若指掌。還未進入殘棋階段，對方棄子服輸！滿面羞慚久久不退。

心棋一局，耗時大約四十分鐘。事後有人告訴我，下棋時我臉色微微發白，一點表情也沒，莫測高深得教人駭怕！那次之後，同事們說到棋，抱歉！再沒人敢頂我嘴。

象棋對奕，必須善於統籌全局，靈活應用各類兵種的特性，則縱橫捭闔之際，自然呈現大將之風。人巖與世壑，便有銳意雄風策馬走一回。

棋至中局，得勢時領兵卒開疆拓土，替自己寫下輝煌史卷，失先時不怯不懼，重整兵馬以弱擊強，任憑生死流轉水免火化，身若劫灰！

殘棋莫爭強鬥狠。蹉跎的無須喚回，錯失的終已流逝，此時起子落子應如嚼菜根，走來簡單有味。

一局既終。西風斜陽裡看旗旌飄零，聽瘦馬嘶鳴，成敗勝負，且含笑釋手。

黃昏的故鄉

落塵，高分貝的市街，交織羅網，圈住一座小小的三角公園。

公園涼亭裡，一群老人在下棋——象棋。枯乾抖顫的手，正推動一次又一次瘖啞的爭論。

進馬，或是退炮？該如何紓解這般兩難的困境？斜陽透過稀疏的枝葉，老人們佝僂的身影，被凝映成問號的姿勢。

如果上班的人潮和壅塞的喇叭聲，還沸騰不了我冷冷的悲傷的眼睛，而這些老人兩鬢匍匐的滄桑，竟然牽動我記憶中那一大片幡飛若雪的蘆芒，我知道，我很知道——此刻，該是想家的季節。

彩繪牛車

面對著家鄉皤皤的雙親，心情，像驛站剛下榻的客。

轎車悄悄滑入晨間薄霧，停放四合院內曬穀場上。乖巧的孩子打開車門，脆亮的喊著：「阿公，阿嬤。」一童稚嗓音，恍若初醒的一聲鶯啼。父母應聲迎出門口，兩張素樸的顏面上，有一種明澈的喜悅，幾乎像這早晨淡淡的陽光。

孩子奔跑過去，接受母親暱疼擁抱，而父親，既親切又陌生的向著流浪的兒子，點頭微笑：「按怎透早就拚返來？」

「我要坐牛車，爸爸講有牛車。」上了幼稚園後，孩子學會了不太流利的台灣話，搶著回答。

昨晚通過電話，知道田裡的高麗菜必須採收，好趕上第一期稻作，然而高麗菜的價格太便宜了，乏人問津，許多人乾脆在翻土時，一顆顆捲碎掩埋入泥中，任其腐爛，以充當肥料。父親不捨得，便決定摘回來曬成菜乾，隔壁明祥伯會來幫忙搬運，駛他那台頗有歷史的牛車。

這孩子坐過一次民俗公園的牛車之旅，對那彩繪喜氣的牛車，印象好極了。可是他不明白，牛車，原該屬於泥土、風雨和笠帽老農的。我想讓他了解，轍痕深深的牛車土路，如今已讓蔓草荒煙爬淹，而他的父親，還在生命版上固執描劃著，那兩條古拙的軌跡，不肯捨棄。

只因曾經親身體驗過，傳統歲月的芬芳，每當厭倦了市囂流浪的輕塵，故鄉荒蕪篤實的土地，便是我最後憑依的天涯，四合院、瓦房土厝裡獨守寒涼的父母，永遠是飄泊的我，渴想追逐的方向，那是家啊！家。

父親在簷下石頭上磨著鐮刀，一邊幫忙母親應付小孩子喋喋不休的詢問，孩子正努力的想弄清楚，芒果樹下廢置的石磨，一槽一孔是什麼用途？兩老一小，國語台語都一樣半生不熟，磨米漿做紅龜粿的說明過程中纏夾不清，母親首先放棄：「你生這個外省囝仔，我講抹來。」

父親說：「去問你爸爸。」語音帶著笑意，一臉寬容無怨。

孩子下了結論：「我知道，那是古時候的果汁機。」

古時候？二十年間隔一代，劃下一道難以跨越的鴻溝，是因為急遽變遷的時代裡，雙手需要捧取的新奇太多，屬於原本掌握的一些，便逕自指縫散入泥塵，事事物物，便也罷了，但是……人呢？困居兒女公寓，踩著樓板的老人們，可曾遺忘赤足田埂的歲月？不肯剝離根莖，戀棧土地甘軟的鄉間父老，又該以什麼的心情，去期待離巢的鳥兒，偶然的束翼歇落？

這些老人，傳統的棒子無從交手，他們又寂寞多久了？默立廳堂，合掌向祖宗牌位，躬身。耳邊傳來母親的呼喚，和孩子滿溢歡喜的驚叫聲。牛車來了。

白頭蘆葦

「你叫作啥米名，幾歲？」
「我是『正淳』，五歲。」
「真純？啥貨真純？喔，我知影，這是你的名。」
「……！」

「坐好，伯公仔這台牛車有讚沒？」
「這是『古時候』的牛車啦！伯公，你的牛沒穿衣服，會冷呢！」
「老骨硬空空，老皮袜過風，哈哈哈！袜冷，這隻老牛甲我同款，不驚寒熱。」
「……」

老牛搖耳甩尾，輕鬆拉動牛車，車輪網軸的木材褪成枯灰顏色，外圍的鐵圈磨薄了，輾在高屏溪畔碎石路上，咔咔喀喀。孩子印象中的牛車之旅，牛身披著彩衣，車上懸掛錦帶汽球繽紛豔麗，不該是這個樣子的，更何況，他無法聽懂這獷莽豪悍的老農，正宗台語裡所流露敦厚的溫柔，愛熱鬧的小小心靈難免透著幾分失望。

等到牛車爬上溪岸土堤，孩子倚入他阿嬤肥厚的胸懷，暖暖得睡沉了。

晨光驅散薄霧，跳入窄仄的淺溪裡，嬉戲著粼粼波影，或者，逗留在香蕉葉土，品嚐那卷軸抽長的生機，低矮的蘆筍田，枝葉纖細綿密，風起時，便似曬滿一地水綠的霓裳，最美的是堤岸斜坡迤邐的雪花，雪絮飛花，飄飄，飄動我異鄉愁情愁緒的，蘆葦呵！

蘆葦，未被墾殖的處女地，到處長滿了這蘆葦，那是童年裡愛採多少就採多少的雲，是成長後飄泊，他鄉夜雨擊窗時，父母的髮，這一大片白色的鄉愁啊，是浪子魂夢中最熱切的思念。

伴隨著牛車搖晃而動盪的心情，竟是不敢洩露痕跡。父親和明祥伯並肩坐在車槓上，正交換著殞落起滅的鄉間人事。父親削矮精瘦，明祥伯篤壯，同樣的是臉上的紋褶，那是歲月深烙的年輪，任誰也撐不平！在他倆惋嘆聲中，我聽到一些遙遠而熟悉的人名，彷彿讀著一頁帙失的歷史殘篇，心，隱隱抽疼。

總是縈迴著這般不忍，多一次返家，那酸楚的感覺便加深一些。兒女各在天涯海角安身立命，留下空曠古厝，讓孤獨逐漸凋盡父老無多的歲月，生離時，幾分理所當然的無奈，而死別，是不是只剩下一場及時或不及時趕上的慟哭而已？

是不是呢？鄉裡這一代受宿命恩寵的子民，便以這些來回報他們的父母？

太多的老人，不肯適應養老院規律刻板的冷漠，鄉土的根，也攀爬不住兒女習慣踩踏的羅馬瓷磚。他們那一代，走過水旱、烽煙、離亂的世途，老來一雙厚繭的腳掌，竟不知立足何處，才教人心安。

母親摟著她的孫兒，閉目打盹，牛車一晃動，她就睜開眼，把孩子調整更舒適的姿勢，這樣單純的動作重重複複，纏綿而甜蜜。引得父親搖頭微笑，明祥伯的大嗓門溫柔半掩，低聲說：「哎！伊實在好命。」

牛車轉入蕉園小道，兩旁披垂的蕉葉，還盛載著昨夜收集珍珠般的清露，偶一碰觸，那葉面翻轉過來，彷彿突地下了一場冰冷的急雨。

母親醒了，孩子抹抹臉上的水，也醒了，明祥伯笑呵呵敞開嗓門：「真純仔，起床囉！等吓好逗挽菜，聽有無？」

孩子沒有回答，正好奇的打量那垂垂纍纍的香蕉串，然後脫口驚呼：「阿嬤，香蕉。」

翠玉甘藍

菜園就在溪畔沙地上，潮溼乾淨的地面，一步一個腳印，高麗菜被去除老葉，一粒粒玉白翡翠疊上牛車。孩子細嫩的臉頰，繃得通紅，捧著老大的高麗菜，牛車田畦間來回奔跑。

老牛閒閒的走進香蕉園，尋一片蔭涼躺下，開始恣意反芻昨夜那頓秋草盛宴，偶爾昂頭露齒，愉快輕嘶。

除了這樣簡單和無知的快樂，菜園裡一片傷心顏色。父親還能維持宿命論的沉默，母親則偷偷紅了眼睛。明祥伯一邊疊菜上車，一邊詛天咒地，說什麼菜賤人賤，滿滿一牛車，換不到三罐農藥，乾脆喝掉算了。話題轉到電視時常出現的抗爭場面，嘴裡火辣辣的，也想學著走上街頭。

父母親知道他有口無心的莽撞個性，便任他嘟囔，也不答腔。

而我明白，這個牽牛相伴多年的老人，鬱積了多少怨恚。他的牛車，曾在秋黃的田野中，滿載過豐收的歲月，他喚牛的「傲傲」聲韻，嘹亮在廣闊的大地上。村裡的人最愛叫他的牛車，因為他疊起穀包來比誰都快。小孩子也喜歡他，喜歡搭他順路牛車上學校。除了他自己的兒女。

他驅牛的鞭子，是他兒女童年的夢魘。村裡人都還記得，土性的他，把孩子吊在樹上，差點活活打死的事情。

當農耕機替代牛隻的工作，三輪馬達也能追趕過牛車，他的脾氣變得愈發不可理喻，於是，他的兒女帶著母親，鼓動初長的羽翼，以決裂的姿態，杳然飛入人車交喋的都市叢林中，藏匿無蹤。

守著牛車守著牛，漫漫孤單不曾磨去他的稜角，歲月卻已催老了人臉。

幸好歲月也能讓淋漓的傷口成疤，如今他的老伴，偶爾也會回來住幾天，爭吵謾罵中，他也能收下兒女代為轉交的生活費，只不知長夜獨枕，聽那雞啼一聲聲唱曉時，他是否會興起一絲憾悔，或是思念！

陽光漸烈，牛車半滿，母親回到草寮邊，淘米煮飯，孩子跟在一旁，折斷最幼細的樹枝塞入石灶，並且學著他阿嬤的動作，鼓起小小腮幫子，撮唇吹出一道野炊的青煙，婀娜婉曲如帶升起，纏繫向那朵直欲流浪的浮雲。

白雲之上，正是鄉間藍亮藍亮的天空。

紅牆瓦厝

紅牆花木深處

誰能了解你古道斜陽的心情

突然想起這句典麗悲涼的詩語，是因為黃昏，因為牛車正行走在蘆芒掩映的荒徑上。陽光把人車的影子拉得長長的，隨著步伐，搖盪顫漾，所有翻騰的思緒都沉澱了。

鄉間來去一趟，或者不曾圓了孩子牛車之旅的夢，卻盼望他能明白，這才是真正的，走過雷雨炎陽的牛車。小村人事漸老，現在就只明祥伯還執拗的以牛車賺取微薄的搬運費用，古舊的行業，也將在幾年之後，散入歷史塵土。

民俗公園，鄉土文物館，冰冷玻璃櫃中所展示的傳統，嗅不出泥土的芳香。懸掛的簑衣沒有雨露沁潤，而牛車輪斜倚在錦緞絲絨上面，究竟能夠傳達多少古典的訊息？白紙黑字，是否真能說得分明？

叫過來孩子，走在車輪旁邊，我要他仔細傾聽，傾聽車輪軸動轆轆，老牛噴鼻吐氣的聲音。要他記住蘆葦一般白頭的鄉間老翁，和那一輪晚雲裡，斜照紅磚瓦厝的落日。

孩子瞪大眼睛，神情專注，看著阿嬤伯公的背影，看著那顆紅豔豔的日頭，漸沉，漸沉入蒼茫暮靄深處。

幽黯中，父親問我：「播秧時，有空返來嗎？」

「我撥時間回來，正淳沒見過按怎播秧呢。」

另一塊水田，已經翻土引水，我想起春水波中，彎腰赤足的老農走過後，那排列齊整的點點新綠。

「這招攏是叫插秧機塊作息，人，免動手啦。」明祥伯插話進來，語音飄浮著，隱約還有一聲嘆息。

孩子跑到他阿嬤那邊，交頭接耳，不知又在溝通些什麼，母親挺高興的揹起了孩子，回頭向我說：「播秧彼工一定愛返來，阿淳講伊袂看播秧，擱袂……看我。」

牛車爬上堤岸頂，晚風撲面輕寒。遠遠望去，小村落幾戶人家，還有炊煙欲斷若續。斷若還續呵，炊煙，我黃昏故鄉的炊煙。

下班的人車如潮，浪般波湧過市街。

霓虹初亮，遲歸的行客，是來不及撤退的蝦蟹，在紛亂狼藉的燈光沙灘上，匆遽躲閃。

把公文夾入卷宗，關燈鎖門，我讓車子溶入一街流幻的燈輝裡。車窗兩旁的風景，快速交替互換，像一張張眨眼即逝的幻燈片。

三角公園停車，這裡有一幅可堪細看的畫面——

亭裡，青白水銀燈下，那些老人還在下棋。

古月照今塵

洛水沉吟

月明如水。

如水的月明，靜靜照著滔滔流逝的洛水。

洛陽城，危牆遮掩下的巷弄，此刻應有士兵明火執杖穿梭往來，那是后羿暴怒如雷之後，喝令派遣出來搜捕的人馬。是的，追捕！后羿眼中只有他的英雄事業，何嘗把我嫦娥擺在心上？侍寢侍浴，支來叱去，又怎會去珍惜一個小女子的萬斛柔情？

洛水河畔，霓裳飄飄獨行沉吟，必然逃不過如狼似虎的軍士鐵騎，可是，崑崙山巔西王母處，他求來的不死藥在我懷中，這藥據說服後可以飛升成仙，若我竟是死在后羿箭下，便足證實不死仙藥乃無稽之談。以生命去喝醒后羿求仙成道的迷夢，盼只盼他眸光中一絲憐，一絲愛。

我，我嫦娥原只願和他作一對人世夫妻……他能懂嗎？能懂我如今決裂卻依戀的心意嗎？

離與不離之間

幾乎可以聽得到，床頭瓶裡凋萎的玫瑰花瓣，飄墜時的一聲嘆息。

她把室內的燈調整到不能再亮了，CD音響瘋狂敲擊著黏巴達的節奏。當末世紀的呼喊乍然凝止的剎那，她停下折疊衣服的動作。寂靜，流動在臥房任何角落，花瓣繼續飄落，長毛地毯上皮箱張大著口，無言！燈罩下波斯瓷貓隔著一張床，在兩旁床頭櫃上互相敵視，光滑溫馴的表情裡彷彿蘊藏著幾許惡意。

狠狠的瞪著那頭雄瓷貓，那個該死的男人，又不知到哪兒偷腥去了。同居才半年，說什麼陪客戶應酬，沾染一身酒味和粉味，都是不得已。這種老掉牙的小說藉口，他拿來一次次搪塞，搪塞得理直氣壯，想問清楚些，他還真會翻臉，事業啦，未來啦，好像和他吵下去就阻斷他大好前程似的。

當初怎麼說的？很特別的氣質？現在變成他口中胡吵亂鬧，不上道的女人了？酒廊公關哪，又什麼場面沒見過？今天讓這愣小子來蹧蹋我？

大概中了邪，才去愛上他，甚至為他辭去酒廊的工作，一心陪著這個莽莽撞撞的男人，做那種生生世世鴛鴦比翼的癡夢。怎會忘了老哥老姊的例子呢？婚前愛得要死要活的，結婚證書上蓋個章，就成仇人了，礙著一個小娃兒，離不成婚，水呀火樣的夫妻，成天在那兒漫淹煎烤！

同居，算是試婚吧！試出這等局面，去他的愛情，姊妹們獵到肥羊，連皮帶骨活吞了，哪個不是荷包飽飽？就我阿玲比人傻，偷偷付了房租還得輕聲細語去哄回來男人的自尊心，見鬼了！

一聲嘆息，又一片花瓣萎落，鵝黃的床單上，一片片心情凌亂散置。

卡士比亞淡紫碎花，襯著大紅玫瑰，都憔悴了，只有綁花的金色緞帶，同心結還未鬆脫。這死男人，送花時亮晶晶的眼睛，有力的擁抱，這輩子大概，唉！忘也忘不了了。

已經盡量放慢動作了。收拾一個皮箱，從晚上十點到現在凌晨兩點，也算是等他吧！這個男人，居然狠心得很，罵過吵過就過了嘛，這麼深的夜他能睡哪？旅社嗎？也許不該甩他那一巴掌的，明知他那個性，外柔內剛，流沙般把所有的脾氣和情緒，全沉埋在平靜的神色裡。

也不知怎的，明明是愛，卻成了恨的結局，人生！

拎著皮箱出門，巷口等計程車時，她回頭望了望整棟公寓裡，唯一明亮的窗口，心頭有些猶豫——放著好好的床鋪不睡，這會要上哪兒才好？

抽箭鈎弦

洛水畔，鐵蹄揚塵。

逢蒙策騎緊隨后羿身後，看著后羿偉岸的身軀貼住馬背起伏如浪。長箭白羽飄動，弓弦切風嘯顫，如此急驟的馬蹄雜沓，竟遮掩不去那一縷盈耳悲吟。

可以想像后羿面沉似水似鋼，雙目空茫裡有火獵獵焚燒，即使獨對九嬰大鳳，封豨修蛇等猛禽惡獸，以命搏命時，逢蒙也不曾見過后羿這等悽烈的神態。他知道原因，不死藥和嫦娥，他一生的夢和愛！

突然，眼角瞥見洛水波光中倒映出一襲水珮風裳的絕世姿影，嫦娥！是嫦娥。

逢蒙勒韁，指月大叫：「老師。」

馬蹄聲乍止，幾乎沒有一剎那遲疑，后羿圈轉馬頭，抽箭鈎弦，雪色箭桿月光下閃掣銀芒森冷，紅色巨弓弦滿如月。后羿長臂舒伸，直指當空一輪玉魄冰盤。彤弓素矢會乃女媧神兵，后羿已射九日。逢蒙閉眼，不忍暗夜只剩一天星斗微明；更不忍嫦娥，柔軟如鴿的胸膛上，怵目一支慘白長箭！

待得睜眼，萬里雲天，圓月無恙，而嫦娥只剩下月暈中一抹淡影。后羿弓弦仍滿，卻是食中兩指鈎弦未放，圓睜的虎目血淚長流，矢尖泛起不甘的顫抖，掙扎著欲待離弦。

逢蒙屏住大氣不敢稍動，良久，良久，只聽得后羿緩緩鬆弦，疲倦的說：「讓她去吧！逢蒙。」

碧海青天，洛水流咽。

捨與不捨之間

不懂，真不懂這是什麼樣的緣分。

緣或孽，這種略帶宿命的論調，其實教人難以信服。邂逅，情牽，愛戀，總要帶些條件。學識品味氣韻等等是條件，產生共鳴相互吸引便是條件下的產物了。這產物有個名稱，就叫做愛情。

和她同處半年，才知道愛情並不這麼條理分明。半年，好一段又長又烈的情焰，熱度夠了，卻是有些焦頭爛額的教人吃不消。

相識的地點是酒廊，對她眺高的身材，靈秀和豔媚交揉的臉龐留下印象。吸引人去探索的是她那股滄桑的風情，總難相信一個如此年輕的女孩，偏生一對浸透世情冷暖的眼睛。一次次故意把客戶帶去那酒廊，也一次次故意造就促膝深談的機會。

還未完全了解呢，火焰就這麼點著了，這女孩對待愛情的執拗，竟似毀天滅地亦可悍然不顧。她自動租屋，辭職，安心作個窩裡梳弄羽翼的金絲雀。

這便透出她慵懶的另一面了，無度需索著愛情滋味，彷彿末日般放任自己縱情逸樂，天長地久的俗世夫妻她不肯做，提幾次婚姻登記的事，就得準備吵幾次架，別的女人把一紙結婚證書看得比天還大，她嗤之以鼻，再提下去，倒像我求她了，要綑她綁她了。

愛時蝕心刻骨，恨起來天地彷彿可以俱焚，這女孩在愛與恨之間竟無餘地可以安置「寬容」兩字，半年同居生涯，他可以享受愛情的風雨炎陽，我是男人，事業的階梯一定需要爬升，圖什麼？一個她肯安頓身與心的「家」罷了，沒想到這點堅持，卻讓兩人之間的裂痕愈來愈大，他柔軟紅唇裡，爭辯時語詞用句如箭如矢，風塵滾滾的潑辣勁！

是的，煙花浸染久了，某些習性已經根深柢固，頗難改變，一個巴掌打散了兩顆原本還綰住的心，那揮手過來的一剎那，我已不是她丈夫，是她深惡痛絕的客人——「和客人醜陋的嘴臉沒兩個樣，得了便宜還賣乖的負心漢子。」她是這麼說的。

離開幾天吧，讓熱戰的溫度稍微冷卻些，再送上一束她最愛的大紅玫瑰，大概還能令她想起曾經同床共枕的恩情。可是，住在這個熟悉的旅舍裡，並不好過，想的都是未同居前她為愛顛狂的千甘萬願。這房間，這床鋪，就是激情過後，她這貓樣的女人把美眸睡成絲的地方啊！

這時候，她會做什麼？聽音樂？生悶氣？至少她不肯獨自垂淚是可以確定的事實。讓她獨處一小段時間，去重新對待調整愛情的態度，這或許不是最好的方法，然則我必須堅持，堅持才能走一輩子的路，她能了解嗎？

一點點心軟，一些些寬容無怨，她能嗎？若不能，若真不能就……讓她去吧！

悲兮古月

酒後狂歌，以箭擊弦，血色長弓嗡嗡作響，后羿盡散嬪妃，那一個個嚇白臉的嬪妃。然後，彎弓搭箭，危危顫顫再一次指向一輪明月，卻又是久久不曾鬆開鉤弦的玉搬指，酒紅褪後一張雯白的臉，僵涼冰冷。

逢蒙，這個高大健壯的青年，擔心的看著他的老師，他的君父，也看到愛情落幕後末日英雄的凋零憔悴。桃木棍拄在身後，「揹個弒師的罪名罷了！」逢蒙想：「老師原是天界神靈，困入濁世人軀，尋不回歸天雲路，而老師又何等期盼能夠再見嫦娥一面。」

「去吧！去尋嫦娥，從此做一對神仙眷侶！」逢蒙握緊桃木棍，悄然走向后羿，心裡悽慘的默默祝禱。

而嫦娥呢？嫦娥衣袂翩飛迎向當空皎月時，頰上該有熱淚奔流如七夕冷冷的鬼雨。

千年萬載，她還在等待，等待天外飛來一支穿雲長箭，結束她廣寒宮中深鎖的寂寞。

悲兮！悲兮！千古明月夜！

聚散今塵

旅社猩紅地毯走道上，一男一女終於相逢。

女郎一聲尖叫，丟下皮箱，含淚帶笑飛奔向男子張開的臂膀，索吻的紅唇喃喃低語若泣：「我就知道，你會在這裡，我就知道……。」

回家時，這對彷彿暌違千百世的現代男女，並肩依偎，走在霓紅燈輝逐漸荒蕪的市街上，那男子偶一抬頭，被高樓銳緣切割的夜空中，正掛著一顆塵海中浮浮欲沉的月。

已瘦如鈎！

博浪椎

秦王嬴政，併吞六國，結束春秋戰國二百五十九年諸侯紛爭逐鹿中原的亂世，建國號秦，自稱始皇帝，周王室八百餘年天下亡。

六國遺臣，同遭滅國毀家之恨，其中韓國留城張氏家族，二世相五君，顯赫無比。秦滅韓時，張良隻身逃亡，散盡千金，訪劍客力士，持椎狙擊秦王政於博浪沙，誤中副車，一擊之威，秦王為之喪膽。時年秦始皇二十九年。

張良，字子房，僅以身免，遁世下邳。

1

斜陽，青山。

斜陽正在青山外。

寒蟬淒切，雁啼高空，秋已到十分。留城北山楓紅流丹，西風摧木，一乘孤騎，走入漫天飛舞的斑黃落葉中。

馬上騎士長身玉立，青衫儒巾，秀眉斜飛入鬢，削瘦的臉頰，略帶憔悴塵色，彷彿落拓江湖的士子，折不完長亭短亭的灞橋柳，正在那婉轉山徑上頻頻回首。

而一回首，他的眼——他那比霜濃秋氣更肅殺的一雙眼睛，宛似兩朵冰冷跳動的火焰。薄唇緊抿刃般銳利，牙關是鎖緊的鞘，藏住急欲破匣而出的仇恨之劍。

白馬偶爾奮蹄揚鬃，嘶鳴秋風，他仍穩穩的控韁緩行，心裡在呼喊：「再看一眼！看一眼遍地烽煙的韓土，記住血、火，記住韓侯宗室九族盡誅，留城張氏相府三百餘口命喪暴秦的深仇！皇天后土為憑，我張子房但叫一口氣在，必搏殺嬴政獨夫！」

——然則是誰也不會知曉我的誓言了。

落葉鋪滿山徑，伴著躂躂蹄聲碎響，風更蕭索幾分。張良整了整腰際長劍，理不平胸腹鬱積的怨恨亂麻。破韓之日，嬴政密遣甲兵，搜捕張家子弟，連最小的孺子也不放過。張良仗劍突圍，換上平民衣服避入好友家中，張良最鍾愛的胞弟被棄屍於市，引他出來祭奠。幾個月來，他每天經過該處，看著自己的胞弟血肉逐日銷熔，終至化為一具朽骨。甚至被秦王下令銼骨揚灰於郊野，他仍不改冷漠無言的神色。韓地居民紛紛唾棄他的懦弱，說他張良貴冑世家，任弟死不葬，畏敵一至如斯，連知交好友也逐漸不齒他惜命保身的作為。

「誰能了解？誰？」張良垂首悲問，只風聲嘶嘶！

專諸魚腹藏劍，重重侍衛中擊殺吳王僚。豫讓毀容吞炭，趙襄子脫袍全義，讚其國士無雙。聶政謀刺韓傀，刃及哀侯，其姊聶榮捨身揚弟名。這些可歌可泣的豪俠事蹟，每一思及，總讓他熱血沸騰。可是，他自小苦讀兵書蹈略行軍布陣之法，學的是萬人敵，雖說也曾遊獵習射，卻遠不如當代豪俠身懷精湛武技，能在千軍之中取敵將帥，他只能忍！忍！

世人只道我張良畏敵，怎知我要壓制血氣之勇，忍辱含悲多少？我須訪得勇力無雙之士，在我張良縝密布局之下，才能一舉噎敵！

韓地鄙視張良，縱有奇俠，也非他可用之人。中原暴秦兵威正盛，鐵甲到處烽煙蠭起，張良決定遠走域外。渤海關滄海君乃是舊交，東夷苦寒之地，民風強悍，和中原不相往來，可以讓他暫避秦禍，徐圖後計！三年，張良為自己訂下期限，離韓地三年後，苦尋不來一個狙擊秦王的勇士，他將單騎獨入西戎，咸陽城內伺機伏擊秦王政，一死以謝韓君深恩！

——別了，留城……

張良喝叱一聲，提韁揮鞭，白馬嘶聿聿奮起四蹄，轉眼消失在山道盡頭。

天地黯淡，四野無言，唯落葉蕭蕭。漫天晚雲褪了顏彩，暮靄升起霧幛，悄然遮蔽滿山楓紅，山腳下韓都城堞，逐漸亮起秦兵戍守的燈火，一盞一盞。

2

關東，群峰白頭，縱目是掩天覆地的雪。

正是隆冬時節，絕邊奇寒，灰沉沉的天空，不停飄落鵝毛也似的雪花。耐寒的松柏，托不住層層厚雪，剝裂折斷的枝葉帶起片片迷濛雪霧，墜落山道，轉瞬間又讓飄雪敷上一層。只有突出危崖的凋傷冷木，露出猙惡的叉椏，替這銀妝的大地添幾抹青黑顏色。

越過這處山頭，即是東夷國界，幾個月的跋涉，就剩眼前這段山路。而山道積雪盈尺，白馬噴氣吐沫，一步往上攀升，張良仔細控轠尋路，雖然身著重裘，早已累出渾身熱汗，只覺得腹中飢腸轆轆，沾上臉頰額際的雪花冰寒無比，但想盡快找到投宿之處倚爐烤火。然而望眼荒山雪原渺無人煙，天色漸漸暗了，直飄的雪轉成橫飛，起風了！那刺骨寒意更添幾分，張良催馬更急。

衝出這段險徑，踏上山巔，新月初昇，雪映微光，視線反而豁然開朗。張良看著對面山腰閃爍的一點暈黃燈火，顯然是樵夫獵戶居留的茅舍，不禁慶幸自己運氣委實不壞，拍著馬頭，愉快的說道：「夥計，再拚點勁，到了宿頭我教人拿泡酒的豆子餵你。」

白馬相處日久，頗解人意，灑開四蹄，乍然加快速度，朝著對山燈火奔馳而去。行了一陣，那馬陡地止蹄，一聲長嘶人立而起。張良冷不防滾下馬背，尚幸積雪柔軟不曾摔傷。恨恨的罵了聲畜牲，爬起身來，而才一站定，眼前景象卻讓他怔住了，第一個念頭竟是：怎麼多出來這許多燈火？隨即意識到不對！那一盞盞血紅小燈籠是眼睛，關東雪原上的魔王，雪狼！雪狼的眼睛。

為數何止數百！灰樸樸密麻麻的在白雪堆裡巖石後面，圈成一個半弧緩緩逼進！白馬直往他身上靠，不住悲憤長嘶，那聲音慘厲悽烈。張良早聽過這雪中魔王噬天噬地之威，沒想到自己卻遇上了。人到絕處，反而忘了恐懼，張良抽出長劍，拍了拍馬股說道：「夥計，好朋友，我張良合該命喪此地，你走吧！能跑多遠就跑多遠，我替你擋住頭一陣！」

張良豁出性命，持劍衝入狼群中，渾忘了韓地滅國的烽煙，忘了刺秦以解天下生民倒懸的壯志。長劍砍捲刃口，身上重袍厚裘也被狼爪撕成碎片，狼血、人血，濺出雪地紅梅點點。他不知道白馬是否能脫狼吻，只知道自己氣促力竭，一股無可抵禦的倦意襲乏身子，逐漸揮不動長劍，邁不開腳步，退倚著一株老松，緩緩坐了下去，雙手豎劍於胸，強睜雙眼目定為首最大的一隻雪狼，血將流盡，只待最後一擊！便將性命拋卻！孤注一擲的血氣豪勇，或許震懾了雪狼，或許雪狼也知道眼前這人活不了多久！那包圍圈子慢慢縮小，掀唇啜牙清晰可見，卻是沒有一隻暴起撲擊。短短片刻僵持，張良才覺得老松樹幹如此粗糙，磨擦上背部撕裂的傷口，是如此疼痛，雪好冷好冷……。

暈眩中，張良彷彿聽到嘯聲，鶴唳清吟聲穿裂雲山，隨後一聲虎吼沉雷般滾滾相隨，兩股聲音交疊而來，群狼轉身悲嗥，一步步後退。在他闔眼昏迷前，還來得及看見兩條高大的人影，持著三尖鋼叉捲入狼群中，而群狼分波逐浪讓出一條血路，四散逃逸。

「莫非我張良命不該絕！才得巨靈天神護佑。」這是他最後的感覺。

3

暮春三月，雪已消融，關東仍有料峭寒意。

薛天異站在校場中，比那最雄偉的禁軍侍衛都高出一個頭不止，精赤著上身，露出古銅膚色，堅實肌肉刻劃出一條條鮮明的輪廓，環目虬髯凜然生威，單手持定三稜鐵椎，正和滄海君的四位禁軍教頭以兵器過招，四鐵衛各有一身武藝，正指點他防身護體的技巧。

滄海君和張良並肩坐在校台錦椅上，看著場中拼鬥的情景。滄海君方面大耳，五撮長鬚漆般黑亮，此時扭頭笑道：「我東夷滄海地處偏遠，多是崇山絕嶺，竟不知有此天神般的力士隱伏其中，卻讓賢弟一來就碰上了，教人好生嫉妒。」

張良笑答：「托王兄洪福，子房足跡遍天下，一直相尋此等勇士助我成事。秦王嬴政殘民以逞獨夫之志，中原刀兵不絕，生靈塗炭！也該有人以雷霆手段，讓其知曉天心昭然！此人叱咤生威，豈不是雷神一般無二？」

滄海君道：「便少了一雙翅膀罷了！這人慓悍絕倫招沉力猛，惜乎騰挪蹤躍等小巧技藝未精，若憑巨力，恐怕難過秦王百千鐵甲侍衛的攔截……。」

張良矍然道：「且慢，王兄，待我想想！翅膀？凌空搏擊？不錯，天巽若率士卒衝殺戰陣，可以十盪十決千軍辟易，若要行刺主帥，確是少了豪俠刺客那等高來高去的本事，這卻如何是好？」

滄海君眉頭微皺，說道：「賢弟，東夷滄海，地小人弱，甲兵不逾萬人，只憑天險偏安一隅，恐難擋強秦一擊，我必須為宗廟國祚計……。」張良擺手道：「王兄，咱相交已久，承蒙收留足感盛情，有些話就不必說了。韓以數十萬之眾，尚為之軫滅！弟何敢累王兄至此。我只是想，如何善用此人之勇，取嬴政性命！」

兩人正說著，場中已生變化，薛天巽不耐磕撞攔擋的餵招方式，長嘯一聲，鐵椎橫揮豎劈盪起一陣旋風，長槍利斧鞭鐧，難當淨重一佰二十斤的三稜鐵椎，剎那間紛紛折斷，四鐵衛齊聲驚呼，縱身跳開。

薛天異抱拳道：「多有得罪！」然後，仰頭向著校台喊道：「兄弟，此地再無天異可學之技，咱到中原去吧！」

雪山遇狼當夜，正是薛天異和其妹天垢把昏迷中的張良揹回茅屋，救了他的性命。天異天垢兄妹倆，因體型健壯異於常人，童年即受盡指點嘲笑，兩人一般天生神力，出手動輒傷人，其母乃攜子女遁入深山，樵獵為生。十幾年來東夷附近雪原巒嶺的惡狼虎熊等，算是怕了他兄妹倆，早熟悉他倆的嘯聲和氣味，真個是望風而逃！獵不到猛獸皮毛，他一家人便只能勉強溫飽。那夜，他兄妹倆持定鋼叉，早已守候多時，因為連日大雪，把深山中的雪狼逼出山麓覓食，因緣湊巧的救了張良。此後數月，他們一家人忙著硝製狼皮，張良則安心養傷。

天垢身材雖高大，卻是秀眉秀眼婀娜有致，雪山女神般的天垢幼年失父，情竇早開，一縷芳心繫上這個俊美雍容的天朝男子，幾個月來，把張良照顧得無微不至，深情清且真。薛母潛心向道，已近天人之界，深知張良乃人中龍鳳富貴中人，俗世裡另有一番遇合，天垢這段芳心可可，姻緣卻似朝露晚雲，旋生旋散！而天異只能以震天撼地之威，助張良揚名天下，成就不朽事業。

因而張良養好傷，要攜天異入東夷郡城朝見滄海君時，薛母答應了。數已天定，明知一別相見無期，仍殷殷囑咐天異，一切聽任張良差遣，並追隨他進入中原歷練，待時機為薛家光耀門楣等。天異唯唯諾諾，而張良初得強助，雄心奮發，竟爾忽略了天垢倚門相送時那串珍珠淚滴。兩人縱馬揮別，來到東夷郡城。

薛天異不懂武技，然而山林莽野擒虎獵豹，必須一擊而中，造就他一身銳利而樸拙的搏擊之術，雖說過招時毫無章法規範，但因天生神力，反應敏銳，滄海君眾鐵衛中，竟無可敵之人。薛天異難免生出一絲傲氣！不肯盡心學習那中規中矩的武技。

張良總覺得不對！這是塊良質璞玉，光華深蘊未露，總須名家琢磨淬礪之後，才能顯其璀璨；他那無窮無盡的潛能才能發揮至十分。

薛天異大踏步往校台行來，忽聽得一聲蒼老卻洪烈的斷喝：「那漢子，回過頭來。」一個白髮蒼茫，枯乾瘦小的老頭，赤手空拳走出場外，向滄海君拱手道：「郡君，這莽漢欺我東夷無人，請准老夫擒他！」滄海君拂鬚微笑道：「巫老，他是張賢弟的伴當，您老留些分寸！莫傷了他。」

張良從不敢小覷天下奇人異士，卻實在難以相信這個掛名鐵衛總教頭的瘦小老者，能夠降伏薛天異。薛天異雖自恃勇力無雙，卻絕非愚昧不明之人，看那老者舉足輕靈，蓄勢若豹，也知非同小可，抱拳道：「請老師指教！」

那老者解去臉上嚴霜，頷首笑道：「好！不卑不亢，不怯不懼，孺子可教也，仔細了！」說罷，猛一縱身，身似飛鷹，爪如利鈎，直撞入薛天異懷中。薛天異橫椎推出，眼睛一花，手上一輕，那老者已雙手托椎，旋出五步之外，說道：「赫，好重的傢伙。」

三稜鐵椎幾乎比那老頭還高一頭，也未見他如何使力，喝道：「拿回去！」隨手拋起，當頭壓向薛天異。薛天異拿慣了鐵椎，知曉輕重，怎知一接手卻連退幾步才站穩，一張臉霎時脹得通紅，只覺得鐵椎挾帶一股巨力，重逾山嶽，差一點便要脫手而墜。那老者還讚了聲：「好力氣！再來過！」

薛天異知道遇上奇人，忙抱拳躬身道：「不敢！老師真神人也，恕天異無知。」

滄海君和張良相視而笑，滄海君道：「賢弟，在這兒住一陣子吧！你可為他找到名師了，巫老號稱雪山鵰，正可為薛天異插上雙翅！」

4

三晉舊郡，陽武縣治東南三里，博浪沙。

這是個群山如浪起伏的險地，兩峰對峙，仰頭只見天光一線，張良負手面向幽深曲折的棧道，看著薛天異碩大的身形在兩山懸壁間往來縱躍攀升，尋覓藏身之處。

蘇秦揹六國相印，呼籲六國結盟抵擋強秦，而秦王嬴政任用張儀連橫之策，遠交近攻，六國君侯各懷私心，合縱之計冰消瓦解，繼破韓之後，又滅了趙國，秦王志得意滿，正思就近攻魏，適燕太子丹遣刺客荊軻入咸陽都城，圖窮匕現一擊失手。秦王政大怒，命王翦移師伐燕。

一年前，張良和薛天異就在博浪沙這個險仄的兵陵稜線上，目送秦軍揮師北上。兩人原想深入秦都，伺機狙擊，但嬴政經荊軻刺殺未果，餘悸猶存，咸陽城內處處侍衛兵卒如狼似虎巡視。薛天異的體型太過引人側目，加上張良乃亡國遺臣，搜捕之令尚未撤除，繪影圖形捉拿猶緊，想要入宮行刺，竟無一絲可乘之機。

然而，機會終於來了。

秦軍北滅燕國後，又回師直逼魏境，魏君庸弱，士無鬥志，上書秦王乞降求存。嬴政遂把伐魏更名東巡，魏境不興一兵一卒抵擋，任由秦軍長驅直入，因無刀兵凶險，嬴政遂躊躇意滿，隨軍出宮前來。

博浪沙地形絕險，兩旁懸壁綿延數里，最窄處僅容數騎並行，卻是燕魏交通必經之道，秦王也將別無選擇的踏上這條山道。張良選定埋伏岩壁的計畫，即可避開秦王侍衛的攔截，以薛天異百二十斤的大鐵椎和一身神力，凌空下擊，就算嬴政金鎧銀甲護身，也難免椎下化作齏泥！

薛天異仍在絕壁上搜尋，倒懸古樹、突出危石，以及藤蔓垂遮之處，他仔細審視判斷，像獵食的猛獸般尋找最佳的突擊地點。兩年來，東夷滄海雪鵰老師傾囊相授的武技，薛天異未嘗鬆懈鍛練，看著他揹負鐵椎，攀崖騰壁仍能捷若靈猿，張良只覺得滿心的安慰。毀家滅國的血海深仇，無時無刻嚙咬心頭，等的，也就是這一刻！

而垢姑，多少刺探消息的奔波逆旅中，這個冰清無塵的名字，張良已在心裡呼喚過千百遍！那雪山女神仍在東夷雪嶺上相待。「只要博殺嬴政，替韓宗室盡了張家二世相五君的恩惠，我張良心願一了，將與子偕老，同隱山林，再不管中原兵災紛亂，東夷冰雪天地間，獨作遺世逍遙人，垢姑！」張良低頭沉吟，神魂欲飛！

薛天異一聲歡呼，把他自柔情玄思中拉回現實。薛天異喊道：「兄弟，我已找妥藏身之處，你可看得見我？」聲音在狹壁之間迴盪，竟不知出自何處？張良迴目四顧，只見風激葉舞，藤蔓飄搖，薛天異彷彿山之精靈，藏匿無跡！

張良指了指十步前路旁一塊半人高的巖岩，叫道：「大兄，此石權當秦王，請試鋒銳！」語音方落，陡地一聲厲烈虎嘯，震得群山齊鳴。薛天異自四丈高處，一棵懸空老樹枝葉中隕石般墜落，長嘯未絕，鐵椎呼的揮動，噹一聲裂響，那方巨巖碎石橫飛，一分為二，薛天異立定身子，神色凜凜，問道：「如何？」

張良喜極，大踏步迎向前去，道：「天異大兄，辛苦你了，嬴政伏誅之日，我們即結伴回關東，相尋垢姑……。」

薛天異截口道：「兄弟！你軟弱了！事成之日，正要你振袂而起，登高一呼，率韓趙有志之士，逐暴秦於中原，到時，何愁天垢不來？」

天風冷厲，吹得張良儒巾獵獵作響，他突然覺得心情好沉重，好沉重！

5

秦王東巡的大軍，不日即至魏城。秦軍探馬隨時來報，魏國居民都知道秦軍半月之後，一入魏境，魏就算亡國了。

七八丈高的懸壁上，張良和薛天異躲在山縫洞隙裡，窄窄的洞口垂藤遮掩，山洞往內斜出山巔，那是退路，攀出山巔後順斜坡而下，即是陽武縣，城裡已備妥快馬，事成之後，尚有一山阻隔追兵，盡可從容快馬直奔關東，避過風頭後再回中原。薛天異相定這個岩洞，正是要以攀高之技擺脫重甲兵士的追擊。張良伏在薛天異的背上，輕易的也進了岩洞。現在，只剩下等待，潛形匿跡的等待了！

沁涼的水霧，溼溜的洞壁，極微極弱的星月天光，透不進洞口蔓藤。薛天異堅持晝不點火，夜不燃燭，只嚼著冷硬的乾糧肉脯，配著烈酒驅除山中寒意。十天來，張良臉色已漸泛白，懨懨欲病，薛天異仍似獸般精猛，即使是夜寒深更，只要張良自惡夢中略一呻吟嘆息，醒來便可看到黑暗中薛天異亮著一雙鷹隼般銳利的眼睛朝他望來，那眼神卻是柔和而溫暖的！曾經幾次，薛天異要他先回關東相伴垢姑母女，秦王遇狙之事必定震驚天下，張良在東夷亦能得知消息，可是張良堅決不允，他必須眼見嬴政伏誅，才能稍釋他心中的仇恨；才有面目回到韓地留城祭韓侯宗廟，面對張氏列祖列宗。

中原奔波的日子裡，薛天異多次見過暴秦兵士虎狼般凌虐亡國子民的慘況！張良也時常向他講述中原豪俠刺客的悲壯事蹟，專諸、豫讓、聶政等，最近入秦的荊軻，雖然舉事不成，民間渲染傳言，把荊軻說成天神臨界救世，偏是嬴政這魔星天數未絕，這些民心在萬苦之中，把命運歸諸渺渺天意的傳說，薛天異入耳入眼存心，原本只是追隨張良行事，逐漸轉變成他俠義生命中不可剝離的勢在必行！

第十二天，晨，秦軍前哨禁衛先行探路，兩三批專事保護王駕的鐵衛，也來到這段夾壁山道，目光始終不離兩旁懸空古樹，更有鐵衛以金璞姑長箭蝟射，驚起飛鳥後才釋疑！這一輪箭射過，張良大是佩服薛天異思慮之深遠細密，也覺得這十幾日來的苦並沒有白捱。

等到最後一批鐵衛走遠了，薛天異已裝束妥當，說道：「兄弟，秦王大軍片刻即至，你等著，且看天睜不睜眼！」張良微微撥出藤蔓一絲縫隙，看著薛天異恍若巨鷹，投入古樹枝椏最密處。耳裡聽得沉雷般的蹄聲遠遠傳來，秦王大軍終於踏上博浪古棧道。

一顆心，張良趴伏在堅硬凸稜的岩上，一顆心恰似一面鼓般，咚咚咚咚的響個不停！

6

心跳，呼吸，幾乎停頓了。

張良雙手扯定蔓藤，露出兩顆眼睛，從古樹枝葉空隙中，可以看到一大段山道，距離遠了些，看久了眼睛逐漸酸乏。馬隊步卒，足足兩個時辰才走完，秦王的輦車總算在鎧甲衛隊的簇擁中轉入古道。輦車華蓋垂纓，重簾深掩，雙馬並轡緩步前行。

秦王嬴政！這個動盪中原的西戎霸主，就在輦車裡，即將進入天異飛撲狙擊的範圍！

張良屏住氣息，逼出全身汗水，眼角卻又瞥見，另一乘形式模樣完全相同的輦車，正進入山口！兩輦相隔數丈，中間密密麻麻的鎧甲武士護住每一寸空隙，張良擦了擦滴入眼中的汗水，才肯相信自己不是眼花了！

兩年來，多少風霜辛苦，一齊湧上心頭！張良只覺得一陣尖銳的痛楚，閃電般襲擊而來，整個人彷彿也被撕裂成兩半。腦海裡只一個可笑的念頭反反覆覆：「秦王嬴政只一人，如何乘得兩輛輦車？」

那片刻間，張良恍如陷入一場迷離悠惚的噩夢中，眼前的景象變得遙遠而不真實。他耳裡轟的一震，依稀記起那是薛天異虎嘯般的怒吼，然後，他看到受驚的馬人立而起，甲兵衞士齊齊停步仰頭：看到前行輦車在一隻黑忽忽旋轉的鐵椎下碎裂翻覆，重簾漫透出血跡，而一條碩大的人影，雙手箕張飛撲向第二輛輦車，張良呻吟一聲：「天異……。」

只差丈許，人影落地，蜂集的侍衛齊聲呼喝，滾湯沃雪般紛紛向兩側仆跌，碎盾斷矛拋落一地。更多的刀劍，越過殘肢斷頸的屍首，漾起冷厲光芒又重新填滿空隙，然後，那刀劍交織的波光慢慢湧退。張良看到輦車迅速後撤，一排弓箭趨前半跪搭箭彎弓，薛天異再一聲怒嘯衝上崖壁，鮮赤血水已染紅全身。略一躑躅，依然飛撲輦車，張良耳裡錚一聲弓弦銳響，半空中的天異陡然化作一隻巨大的刺蝟，墜落輦車之前，雙臂一圈一挫，兩馬斷頸踣地後，昂然立定！

好靜！那一剎那！只有嗚咽的山風旋過岩壁，蔓藤嘶聲飄動，落葉片片凋零萎落。張良注視著粉碎的前輦和傾斜的後輦，睜得目眥盡裂，嬴政在哪裡？

輦車內掀帘站出一個人影，張良心中一片冰寒，因為他聽到一聲豺狼悲嗥般的笑聲，尖厲的音調強抑不住那恐懼顫抖的尾韻，兀自喝道：「孤王軍威所至，天下披靡，又何懼惡神妖魔！哈哈——。」

沒錯了！錯了！

秦王政其聲如豺，天下盡知，這獨夫還活著！天異雷霆一椎，只中副車，老天！是老天錯了！

7

下邳圯橋。

殘月淒冷，露重風寒！橋下流水嗚咽，橋上，張良幽幽太息！

博浪沙一椎飲恨，薛天異屍骨無存，張良無顏回關東相尋垢姑，輾轉流浪到下邳圯橋，拋棄了雪般清靈的初愛，也拋開了力挽狂瀾的豪情。秦王已吞六國，集天下刀兵，鑄十二金人於咸陽城，焉有利器能攖暴秦鋒銳？焚書坑儒，再無有識之士敢議秦非！驪山陵，阿房宮，埋葬多少森森白骨，萬里長城，盡是六國子民血肉築成！

張良垂首沉思：「此身已若槁木，此心便如死灰，所以，為那個倨傲的老翁穿鞋，何妨？三次相約，我半夜自來相待，又如何？」

曉光迷霧中，黃袍老人步履無聲，走上橋頭，含笑遞過來一卷斑爛古拙的竹簡。張良展卷，卷首丹沙朱筆入木三分，寫著「太公兵法」。

再抬頭，黃袍老人已自飄然遠去，隱約聽到他漫聲吟哦：「亡秦者胡，滅秦劉楚，楚人一炬，可憐焦土……富貴險中求，急流該勇退，好自為之……。」

後記

共鳴文學和弦

陳秋見

車過清水大斷崖，峭壁聳峙，排雲拒浪，路，恍若懸絲，牽引人車輾轉其上，我終於印證一句話：「不走蘇花公路，不懂台灣山海之美。」

這是山水。

鬧街夜市駐足，大廟小寺歇腿，甚或只在自家陽台上看霓虹熾閃，車燈流火，看癡愚傻奔忙紅塵。

這是生命。

世間動靜風景，一一逼入眉睫，以聲音記錄為音樂，以色彩線條記錄為繪畫、雕塑和攝影等等，透過藝術手法，只為捕捉並且保留那瞬時流逝的感動。最平凡的留存方式，則是待得年老，才以模糊的言語在兒孫耳畔透露記憶片斷！這很辛苦，傳的人辛苦，承的人也辛苦。

我不要，所以我選擇文字記錄。

提筆的時候，心裡總浮著「情深意真」四個字，散文寫作，原就是個人心情轉折的具體呈現，幹嘛自己騙自己？觀察審思見聞，我只是老老實實的把每一次的感動化為文字，投稿、刊登，然後集結成冊。

很難苛求一本書的重量，能教山崩地裂，在人間烙下黔記！成為一本書唯一的好處是攜帶方便！我或者不認識你，但你可以把我生命中曾有的感動隨身攜帶，閒來一頁頁翻看，我將以文字試圖扣動你纖細的心弦，與你唱和。

文學路，其實寂寞而漫長，闔上書時，若得你一聲輕吁微喟，我就不再孤單。

國家圖書館出版品預行編目資料

一隻會寫情書的駱駝 / 陳秋見著. -- 二版. -- 臺中市 : 晨星, 2014.01

面；　公分. -- (晨星文學館 ; 48)

ISBN 978-986-177-807-5(平裝)

855　　102025353

晨星文學館 48

一隻會寫情書的駱駝

作者　陳秋見
主編　徐惠雅
校對　吳岱瑾、徐惠雅
版面構成　王志峯
內頁編排　張蘊方
封面設計　言忍巾貞設計工作室

創辦人　陳銘民
發行所　晨星出版有限公司
台中市407工業區30路1號
TEL：(04)2359-5820　FAX：(04)2355-0581
E-mail: service@morningstar.com.tw
http://www.morningstar.com.tw
行政院新聞局局版台業字第2500號
法律顧問　甘龍強律師
初版　西元1994年11月30日
二版　西元2014年01月31日

郵政劃撥　22326758（晨星出版有限公司）
讀者服務專線　（04）23595819＃230
印刷　上好印刷股份有限公司

定價280元

ISBN 978-986-177-807-5

Published by Morning Star Publishing Inc.

Printed in Taiwan

◆讀者回函卡◆

以下資料或許太過繁瑣，但卻是我們瞭解您的唯一途徑，

誠摯期待能與您在下一本書中相逢，讓我們一起從閱讀中尋找樂趣吧!

姓名：＿＿＿＿＿＿＿＿ 性別：□男 □女 生日： / /

教育程度：＿＿＿＿＿＿

職業：□學生 □教師 □內勤職員 □家庭主婦

□企業主管 □服務業 □製造業 □醫藥護理

□軍警 □資訊業 □銷售業務 □其他＿＿＿＿＿＿

E-mail：＿＿＿＿＿＿＿＿＿＿＿＿ 聯絡電話：＿＿＿＿＿＿＿＿

聯絡地址：□□□＿＿＿＿＿＿＿＿＿＿＿＿＿＿＿＿＿＿＿＿

購買書名：一隻會寫情書的駱駝

・**誘使您購買此書的原因**？

□於＿＿＿＿＿書店尋找新知時 □看＿＿＿＿＿報時瞄到 □受海報或文案吸引

□翻閱＿＿＿＿＿＿雜誌時 □親朋好友拍胸脯保證 □＿＿＿＿電台DJ熱情推薦

□電子報的新書資訊看起來很有趣 □對晨星自然FB的分享有興趣 □瀏覽晨星網站時看到的

□其他編輯萬萬想不到的過程：＿＿＿＿＿＿＿＿＿＿＿＿＿＿

・**本書中最吸引您的是哪一篇文章或哪一段話呢?**＿＿＿＿＿＿＿＿＿＿

・**請您為本書評分，請填代號：1. 很滿意 2. ok啦! 3. 尚可 4. 需改進**。

□封面設計＿＿＿＿ □尺寸規格＿＿＿＿ □版面編排＿＿＿＿ □字體大小＿＿＿＿

□內容＿＿＿＿＿ □文／譯筆＿＿＿＿ □其他建議＿＿＿＿

・**下列書系出版品中，哪個題材最能引起您的興趣呢?**

台灣自然圖鑑：□植物 □哺乳類 □魚類 □鳥類 □蝴蝶 □昆蟲 □爬蟲類 □其他＿＿＿＿

飼養&觀察：□植物 □哺乳類 □魚類 □鳥類 □蝴蝶 □昆蟲 □爬蟲類 □其他＿＿＿＿

台灣地圖：□自然 □昆蟲 □兩棲動物 □地形 □人文 □其他＿＿＿＿＿＿＿＿

自然公園：□自然文學 □環境關懷 □環境議題 □自然觀點 □人物傳記 □其他＿＿＿＿

生態館：□植物生態 □動物生態 □生態攝影 □地形景觀 □其他＿＿＿＿＿＿＿

台灣原住民文學：□史地 □傳記 □宗教祭典 □文化 □傳說 □音樂 □其他＿＿＿＿＿

自然生活家：□自然風DIY手作 □登山 □園藝 □觀星 □其他＿＿＿＿＿＿＿＿

・**除上述系列外，您還希望編輯們規畫哪些和自然人文題材有關的書籍呢?**＿＿＿＿＿＿

・**您最常到哪個通路購買書籍呢? □博客來 □誠品書店 □金石堂 □其他**＿＿＿＿＿＿

很高興您選擇了晨星出版社，陪伴您一同享受閱讀及學習的樂趣。只要您將此回函郵寄回本社，或傳真至（04）2355-0581，我們將不定期提供最新的出版及優惠訊息給您，謝謝!若行有餘力，也請不吝賜教，好讓我們可以出版更多更好的書!

・**其他意見**：＿＿＿＿＿＿＿＿＿＿＿＿＿＿＿＿＿＿＿＿＿＿＿＿＿＿＿＿

晨星出版有限公司 編輯群，感謝您!

請填妥對折裝訂，直接投郵即可，免貼郵票

廣告回函
台灣中區郵政管理局
登記證第267號
免貼郵票

407
台中市工業區30路1號
晨星出版有限公司

請沿虛線摺下裝訂，謝謝!

更方便的購書方式：

1 網站：http://www.morningstar.com.tw
2 郵政劃撥 帳號：22326758
戶名：晨星出版有限公司
請於通信欄中註明欲購買之書名及數量
3 電話訂購：如為大量團購可直接撥客服專線洽詢

◎ 如需詳細書目可上網查詢或來電索取。
◎ 客服專線：04-23595819#230 傳真：04-23597123
◎ 客戶信箱：service@morningstar.com.tw